Unvergessene Heimat

Wolhynien

Erinnerungen an Vertreibung und Flucht

Wolhynien, das Gebiet in der nordwestlichen Ukraine.

Im 18. Jahrhundert siedelte Katharina die Große, Zarin von Russland, hier deutsche Bauern an.

Auch die Vorfahren von Selma Stadermann, geb.Müller, fanden hier eine neue Heimat. Doch im Zuge des Zweiten Weltkrieges war auch die Familie Müller gezwungen, ihre Heimat zu verlassen.

In ihrer unnachahmlichen und humorigen Art erinnert sich die Autorin an ihre Kindheit.

Doch die bittersüßen Erinnerungen lassen sie nicht die Schrecken von Vertreibung und Flucht aus der Heimat vergessen.

Diese Erinnerungen sind lebendige Vergangenheit einer Zeitzeugin, die uns das Schicksal der Vertriebenenhautnah spüren lässt.

Begleiten Sie die Autorin auf ihre Reise in die Vergangenheit!

Unvergessene

Heimat

Wolhynien

Erinnerungen an Vertreibung und Flucht

Von Selma Stadermann

Bibliographische Information der Deutschen Nationalbibliothek
Die Deutsche Nationalbibliothek verzeichnet diese Publikation in der
Deutschen Nationalbibliographie; detaillierte bibliographische Daten
sind im Internet über http://dnb-nb.de abrufbar.

Druck: Books on Demand GmbH, Norderstedt

Printed in Germany

ISBN 9783839112656

Inhaltsverzeichnis

Heimweh

Wind und Wolken, sie ziehen,
in Gedanken ziehe auch ich,
unseren Garten werd ich dort sehen,
meine Heimat, wie vermisse ich dich.
Die Blumen, sie blühen und flüstern,
der Wein rankt am Hause empor.
„Komm nur her mit deinen Geschwistern,
wir wollen singen im Chor!"
Was ist es, was mich hält gefangen,
ein halbes Jahrhundert ist's her.
Ich frage mich voll Bangen,
warum wird mein Herz zur so schwer?
Die Heimat kann ich nicht vergessen,
die Wurzeln, sie lassen nicht los,
das Wunder kann kein Mensch ermessen,
wie ist das Geheimnis so groß!

Selma Stadermann

Wolhynien - Die Heimat

„Die Erinnerung ist das einzige Paradies, woraus wir nicht vertrieben werden können."
(Jean Paul, Die unsichtbare Loge, 1793)

Heute, mit einundachtzig Jahren, muss ich voll und ganz diesen Zeilen zustimmen.

Darum habe ich mir vorgenommen, einiges aus meinem Leben aufzuschreiben, Zeitabschnitte zu rekapitulieren, die nicht gerade rosig waren, und mich noch einmal an die Wirren des Zweiten Weltkrieges zurückzuerinnern.

Es liegt bereits dreiundsechzig Jahre zurück, als wir unsere Heimat verlassen mussten.

Wir – das war die Familie Müller: Vater Gustav, Mutter Ernestine, meine Schwestern Alma, Erna, Irma und Meta, mein Bruder Artur und ich, Selma Müller, verheiratete Stadermann.

Wir lebten in der polnischen Ukraine, in Wolhynien, gemeinsam mit Polen und Ukrainern.

In meinem Heimatort Bubnow waren wir die einzigen Deutschen, wir waren glücklich dort.

Heute lebe ich in Thüringen und habe hier eine neue Heimat nach dem Krieg gefunden, geheiratet und eine Familie gegründet. Die Jahre und Jahrzehnte waren mit Arbeit, Freud und Leid angefüllt, und so manche glückliche Tage habe ich hier verlebt. Trotz allem frage ich mich aber immer wieder, warum meine Gedanken nie aufhören, in die Heimat meiner Kindheit zu wandern.

Die Deutschen wurden bereits fast zweihundert Jahre zuvor nach Russland geholt. Die russische Zarin Katharina die Große, die selbst eine gebürtige Deutsche war, hatte im achtzehnten Jahrhundert überwiegend Bauern und Handwerker nach Wolhynien (Wolyn) in die polnische Ukraine geholt und dort angesiedelt. Darunter waren auch die Vorfahren meiner Großeltern.

Diese Siedler mussten zum Teil noch die Wälder roden, um das Land urbar zu machen. Es entstanden große deutsche Dörfer mit Schulen, Kirchen und allem, was dazu gehört, damit eine Lebensgemeinschaft in einem Dorf funktioniert.

Die Deutschen waren sehr fleißig, so dass sie es bald zu einem gewissen Wohlstand brachten.

Doch als der Erste Weltkrieg ausbrach, wurden fast alle Deutschen nach Russland verschleppt - nach Kiew, Moskau, Kasachstan und sogar nach Sibirien. Meine Eltern wurden mit mehreren anderen Familien in den Kaukasus gebracht, in den Umkreis von Tiflis. Mein ältester Bruder Reinhard, der 1912 zur Welt kam, starb 1914 an den Entbehrungen der Verschleppung. Meine Schwester Alma kam 1915 im Kaukasus zur Welt.

Wochenlang waren sie mitten im Winter mit Kleinkindern und Kranken auf Pferdeschlitten und in Güterzügen unterwegs. Es waren für die Verschleppten sehr harte Zeiten. Hinzu kam, dass viele die Sprache nicht verstanden, geschweige sprechen konnten. Meine Mutter ebenfalls nicht. Doch mein Vater beherrschte fast perfekt die russische Sprache in Wort und Schrift. So ergab es sich, dass er bei der Armee im Büro angestellt wurde. Dadurch musste die Familie nicht hungern.

Als 1918 der Krieg endlich zu Ende war, machten sich meine Eltern und viele andere Familien auf den Weg zurück in ihre Heimat Wolhynien. Tag um Tag, Woche um Woche per gemieteten Pferdewagen und per Güterzug.

Da auch Kleinkinder dabei waren, kamen die Menschen auf die Idee, eine Kuh zu kaufen. Sie wurde im Zug untergebracht. Da es Sommer war, gab es überall Gras und Fressbares für die Kuh. Mit dem Lokführer wurde vereinbart, den Zug anzuhalten, sobald ein Kleefeld in Sicht kam. Die Männer holten Futter für die Kuh. Sensen und Säcke hatten sie dabei. So war wenigstens die Versorgung der Kleinsten mit Milch gesichert.

Diese Strapazen der Wochen und Monate des Rückwegs in die Heimat und die damit verbundenen Entbehrungen kann wohl nur der verstehen und nachfühlen, der sie selbst erlebt hat.

Doch wie sah es in ihrer Wahlheimat aus? Alles, was in Jahren harter Arbeit von ihnen aufgebaut worden war, gehörte jetzt den Polen. Ja, warum? Es war ganz einfach. Die Deutschen hatten den Krieg verloren, also waren sie rechtlos. Da halfen keine Papiere, und der Staat hielt sich aus allem raus. Sie wurden nur geduldet, nach dem „Wieso" fragte keiner. Um zu überleben, musste es irgendwie anders weiter gehen.

Meine Eltern versuchten nun alles Mögliche. Sie pachteten Land. Jedoch ohne Geld, ohne notwendige Gerätschaften und mit geliehenen Pferden sowie drei kleinen Kindern (inzwischen waren meine beiden Schwestern Erna und Irma[*] geboren) mussten sie wieder alles aufgeben.

Als stellvertretender Pfarrer und Lehrer hielt es Vater trotz geringsten Gehalts ein paar Jahre aus. Meine Mutter und älteste Schwester Alma mussten noch dazuverdienen, damit es zum Leben reichte.

Da mein Vater mit Leib und Seele Bauer und stets ein freier Mann war, behagte es ihm gar nicht, von anderen Leuten Befehle entgegen nehmen zu müssen.

Als dann ein polnischer Oberst, welcher vom Staat für seine Tapferkeit einige hundert Hektar Land geschenkt bekam, einen Verwalter suchte, ergab sich eine Chance. Mein Vater bekam den Posten und war überglücklich. Natürlich mussten meine Eltern nun erneut umziehen. Ihr neues Zuhause sollte rund fünfzig Kilometer von der Stadt Luzk entfernt sein.

---

[*] Irma erkrankte mit zwei Jahren an Hirnhautentzündung, von der sie sich nicht erholte. Sie ist seitdem geistig behindert und ein Pflegefall. Irma lebt noch heute in meinem Haushalt und wird von mir gepflegt.

Gustav und Ernestine Müller, 1913

Es wurden ein Haus und Stallungen gebaut, so dass meine Familie erstmal nach langer Zeit wieder eine Bleibe hatte. Das Land wurde nun an Polen und Ukrainer verkauft. Auch meine Eltern erwarben fünfzig Morgen. Jeder baute nun sein Haus direkt auf seinem Land. Es war ein Dorf, wo einer dem anderen nicht in den Topf schauen konnte, wie es so schön heißt. Natürlich gab es keine gepflasterten Straßen. Wenn es im Sommer regnete, war es eine Schlammstraße, wie es früher überall so war.

Die Überbleibsel des Krieges mussten beseitigt werden: Stacheldraht, Granaten, Eisen, Granatlöcher und die Tunnel, in denen die Frontsoldaten ihre Bunker mehrere Jahre hatten, wurden entfernt, um endlich das Land bestellen zu können.

Es sollte einige Jahre harter Arbeit kosten, bis von den Verwüstungen des Krieges nichts mehr zu sehen war.

Mutter legte vor unserem Haus einen wunderschönen Blumengarten an, und Vater sorgte für einen Obstgarten. Am Haus rankte heller und blauer Wein, so dass wir auf unser Anwesen stolz sein konnten.

Familie Müller 1931: hinten – Alma und Erna; vorne – Vater, Artur, Irma, Selma, Mutter, Meta

Kinderstreiche

Ich wurde als fünftes Kind am 19.12.1927 geboren. Eigentlich passte es mir gar nicht, so im kalten Winter, kurz vor Weihnachten zur Welt zu kommen, aber mich hatte ja keiner gefragt.

Mein ältester Bruder Reinhard war in Russland gestorben und meine jüngste Schwester starb an Hirnhautentzündung, aber wir waren immer noch ein Junge und fünf Mädchen.

Da es zur deutschen Schule für uns zu weit war, besuchten wir die polnische Schule. Hatten wir die polnischen Aufgaben gemacht, erwartete uns bei Vater der deutsche Unterricht. Mein Vater war nicht gerade zimperlich in punkto Lernen.

Erst viel später begriffen wir den Wert des Lernens. So beherrschten wir schon als Kinder drei Sprachen: die deutsche, polnische und ukrainische Sprache, was uns später von großem Nutzen sein sollte. In der Schule merkten wir kaum einen Unterschied zwischen uns deutschen, ukrainische und den polnischen Kindern. Nur wenn wir uns stritten, dann fielen hässliche Worte beiderseits. Obwohl wir in der Minderheit warten, ließen wir uns nicht unterkriegen, wir waren stolz, die „Fritze" und „Germanski" zu sein. Im Allgemeinen war es eine schöne Zeit, eine Kameradschaft, sogar Freundschaft zwischen allen Kindern und Jugendlichen.

Was haben wir nicht alles angestellt! Bei uns zu Hause war sozusagen der Treffpunkt der Jugendlichen. Mein Bruder Artur, der drei Jahre älter war als ich, war meistens der Anführer. Zusammen mit einigen Jugendlichen aus dem Dorf wollte er zum Beispiel das Rauchen versuchen, also mussten meine jüngere Schwester Meta (sie kam 1930 zur Welt) und ich mit, sonst hätten wir es ja Vater verraten können. Am Stall stand ein großer Strohschober, wo wir bereits einen Steg zum Spielen getrampelt hatten. Natürlich haben wir uns dort versteckt, und die Jungen drehten ihre Zigaretten aus Kirschblättern und Zeitungspapier. Wir hatten mehr Glück als Verstand, dass die Kirschblätter feucht waren und nicht brannten, sonst wäre es wohl zu einer großen Katastrophe gekommen, wenn das Stroh Feuer gefangen hätte.

Wir hatten sehr strenge Winter. Im Schuppen stand eine Häckselmaschine, damit wurde das Stroh für die Pferde klein geschnitten, natürlich per Hand. Eines Tages mussten mein Bruder Artur, meine Schwester Meta und ich das Stroh schneiden. Artur legte das Stroh ein und ich musste drehen. Plötzlich sagte mein Bruder: „Selma, wenn du an dem Rad leckst, kannst du gleich englisch sprechen." Ich glaubte es ihm erst nicht, doch dann überredete er mich, es auszuprobieren.

Ich gutgläubiges Schaf leckte an dem Rad. Dann hörte man nur meinen Schrei – die Zunge klebte am Rad. Ich konnte lange Zeit nur unter Schmerzen essen. Englisch konnte ich natürlich auch nicht sprechen, nur mein Bruder amüsierte sich köstlich darüber, dass er mich angeführt hatte.

Vater hatte uns eine schöne große Schaukel gebaut, hei, wie flogen wir da durch die Lüfte. Es war ein herrliches Gefühl. Nicht weit davon entfernt lag ein großer Reisighaufen. An einem heißen Sommertag erstarrten wir vor Schreck: Da erhoben sich aus dem Holz kleine und große Schlangenköpfe, es wimmelte darin nur so von ihnen. Die herbeigerufenen Eltern zündeten den Haufen an und wir waren die Schlangen los.

Wir hatten auch einige Bienenstöcke. Sie standen hinter dem Haus im Obstgarten. Wir wurden natürlich auch mal gestochen. Aber wenn Vater mit seiner Imkermütze, in der er wie ein Froschmann aussah, mit einer Schüssel zum Honig holen ging und wir anschließend ein Stück zum frischen Brot bekamen, war jeder Bienenstich vergessen.

In jener Zeit gab es in den Dörfern noch keinen Bäcker, jeder hatte seinen eigenen Backofen. Bei den Ukrainern gab es eine besondere Sitte, wenn geheiratet wurde. Zur Hochzeit musste die Braut den berühmten „Korowei", einen Hochzeitskuchen backen. Natürlich durfte dieser nicht misslingen, sonst war es eine Schande für die Braut. Vor der Hochzeit wurden die Gäste eingeladen, wie überall, doch hier war es anders. Die Braut ging mit zwei Brautwerbern zu den Leuten, die geladen werden sollten. Sie trug eine wunderschöne weiße Bluse, die sie selbst bestickt hatte und einen langen, in bunten Streifen gewebten Rock. Auf dem Haar einen Kranz mit langen bunten Bändern, die lustig im Winde flatterten. Die Brautwerber trugen einen Zylinder und einen schwarzen Anzug. An den Gehstöcken waren kurze Bänder. Es sah sehr feierlich aus. Für uns Kinder war das ein großes Ereignis. Wir liefen so lange hinterher, bis man uns nach Haus schickte. Es gab kein Fest, zu dem unsere Eltern nicht eingeladen waren. Wir wurden als Deutsche, nicht nur weil unser Vater inzwischen seit Anfang der dreißiger Jahre Bürgermeister war, geehrt und geachtet, nein, wir hatten zu allen Dorfbewohnern ein sehr gutes Verhältnis. Sogar wir Kinder wurden aufgrund des Ansehens unserer Eltern manchmal bevorzugt behandelt.

Auf unserem Land befand sich immer noch ein langer, tiefer Tunnel aus dem Ersten Weltkrieg. Vater hatte uns zwar das Spielen dort verboten, aber gerade das reizte uns, wie Verbotenes auf jedes Kind unwiderstehlich wirkt. Wir versuchten zu graben, aber es war zu nass, sodass wir uns etwas anderes ausdachten.
Mitten im Getreidefeld, in einem tiefen Granatloch, welches vom Krieg noch übrig geblieben war, stand ein schöner großer

Süßkirschenbaum. Zu ihm hatten wir, wenn die Kirschen reif waren, quer durchs Getreide einen Trampelpfad angelegt. Das Donnerwetter unseres Vaters über das zertretene kostbare Getreide blieb natürlich nicht aus.

An einem Sonntagmorgen - ich war ungefähr sieben oder acht Jahre alt – hüteten meine jüngste Schwester Meta, mein Bruder Artur und zwei taubstumme Ukrainerjungen, die fast immer bei uns waren, die Kühe. Da juckte meinen Bruder wieder mal das Fell. So musste ich los und Pflaumen aus unserem Garten holen, obwohl sie noch nicht reif waren. Mein Vater hatte die Bäume alle veredelt, die Reiser hatte er dreißig Kilometer entfernt aus einem deutschen Dorf geholt. Ich weiß es noch wie heute: Ich trug einen hellgrauen Noppenmantel mit großen Taschen, natürlich maulte ich, aber ich musste losgehen. Ich hatte die Taschen voll mit Pflaumen gepflückt und ging nun nicht den Schleichweg zurück, sondern am Hof vorbei. Oh weh, da stand meine Mutter in der Tür und rief mich. Ich sollte dem Hund was zum Fressen bringen. „Ich komme gleich", rief ich und lief hinter den Stall, um die Pflaumen auszuschütten. Plötzlich stand Mutter neben mir. Nun mussten wir drei Kinder bei Vater antanzen. Meine Schwester Meta hatte Glück, der Pflegesohn[*] unserer Eltern schnappte sie sich, aber Artur und ich wurden über die Bank gelegt und Vater schnallte seinen

[*] Die Eltern des Jungen starben während des Ersten Weltkrieges in der Verschleppung im Kaukasus. Meine Eltern waren mit seinen Eltern bekannt und nahmen das elternlose Kind dann auf.

Gürtel ab. Wir konnten uns acht Tage lang nicht auf den Hintern setzen. Doch als die Pflaumen reif waren, brachte Vater ein Korb voll rein und sagte: „So, nun könnt ihr essen, sie sind jetzt reif." Ich hätte gerne darauf verzichtet.

In der Ernte mussten alle Familienangehörigen aufs Feld, ob groß, ob klein, alles was Beine hatte, musste mit. Mutter nahm dann frisches, selbstgebackenes Brot, Butter, eingelegte Heringe und einen Korb voll Sauerkirschen mit aufs Feld. Natürlich fehlte auch die selbst geschlachtete Wurst nicht. Es war jedes Mal ein Fest, wenn wir alle nach getaner Arbeit auf dem Feld Picknick machten, wie es heute so schön heißt. Die Sauerkirschen mit dem Butterbrot schmeckten mir am besten.

Im Herbst, wenn die Kartoffeln ausgemacht wurden, freuten wir uns besonders. Da wurde mit dem Kartoffelkraut Feuer gemacht und wenn genügend Asche da war, wurden Kartoffeln zum Backen reingelegt. Sie wurden richtig braun und knusprig. Diese rieben wir mit den Händen sauber und durchbrachen sie. Sie dampften und glitzerten wie Silber, dazu etwas Butter. Es war ein Genuss für uns Kinder.

An diesem Tag lief auch unser Bulle auf dem Kartoffelfeld umher, der so seine zwölf, dreizehn Zentner wog. Er zog es aber vor, sich am Kartoffelhaufen satt zu fressen. Mutter gab mir den Auftrag, den Bullen von den Kartoffeln fortzujagen, aber der dachte gar nicht daran, er nahm mich auf seine Hörner, und ich flog im hohen Bogen übers Feld. Wäre Mutter nicht gleich mit der Hacke gekommen, ich glaube, er hätte mit mir Fußball gespielt. Heute, im Nachhinein, denke ich, dass meine Mutter sehr couragiert war. Der Bulle war uns allen überlegen, er wusste es nur nicht.

Mutter zog jedes Jahr einen Bullen auf und auch Schweine. Mit dem Geld konnte vieles angeschafft und der Kredit für den Landkauf abbezahlt werden. Nachdem das Land, das mein Vater als Verwalter betreut hatte, zum Verkauf gestanden hatte, hatten meine Eltern einen Kredit aufgenommen, um sich eine eigene Scholle zu kaufen. Rund 50 Morgen nannten wir nun unser Eigen: ein Haus mit Stallungen und Schuppen, und eine Scheune wurde später gebaut.

Natürlich hatten wir auch Schafe. Die Wolle wurde selbst gesponnen, und im Winter strickte Mutter für uns alle warme Sachen: Handschuhe, lange Strümpfe, Jacken und Pullover. Es waren immer sehr kalte Winter, minus dreißig Grad war normal. Natürlich war auch ein Bock bei den Schafen, ein herrliches Tier mit schönen gebogenen Hörnern. Als ich sechs oder sieben Jahre alt war, beobachtete ich einmal die Schafe beim Weiden hinter dem Hof. Plötzlich kam der Bock auf mich zu, gab mir einen Schubs und ich landete auf seinem Rücken. Ich griff nach den Hörnern, hielt mich daran fest und schrie, als wenn die Welt untergehen würde. Zum Glück hörte mich Vater und befreite mich. Sicherlich sagte ich dem stolzen Bock mit meinen blonden, fast weißen Haaren, und so dürr wie ich war, nicht zu. Seit dieser Zeit mache ich um die Schafe einen großen Bogen.

Wir drei jüngeren Kinder – Artur, Meta und ich – hatten immer was vor, nur kam nie was Gescheites dabei raus.
Es war in der Erntezeit, meine Mutter und meine älteren Schwestern Alma und Erna waren beim Mähen mit der Sense und Sichel. Es gab kaum Maschinen und einer half dem anderen bei der Ernte.
Vater und unser Pflegesohn deckten die Scheune. Wir drei „Musketiere" gingen natürlich auf Erkundungsreise. Plötzlich sahen wir ein Hummelnest, also musste es auch Honig geben, dachten wir. Natürlich sollte ich einen Spaten holen, mein Bruder musste ja das Nest bewachen. Der Spaten war da, und mein Bruder fing an zu graben. Ich sah irgendetwas und rief: „Warte, warte, da ist was!" Aber es war schon zu spät, ein Schrei, und meine Fingerkuppe wurde vom Spaten erwischt und vom Finger abgetrennt. Ich schrie wie verrückt und das Honigsuchen war vorbei. Wir trotteten heim. Da bekam ich noch eines hinter die Ohren, weil ich so dusselig war.

Nun ja, wir waren fünf Mädchen und ein Junge, da war Artur eben der Kronsohn, er durfte vieles machen, was wir uns nicht erlauben durften. Natürlich durfte er reiten und wir nicht. Aber Rache ist süß! Wir beiden jüngsten Mädchen versteckten uns im Weißkohl, als unser Bruder stolz angeritten kam, sprangen wir in die Höhe: Oje, das Pferd scheute und er flog in hohem Bogen über den Kopf des Pferdes. Aber wir hatten alle Glück, das Pferd sprang über ihn hinweg, und somit war noch einmal alles gut gegangen. Ihm war nichts passiert. Ich will es lieber nicht erzählen, wie der Tanz bei Vater ausgegangen ist…

Eigentlich gab es bei uns immer was Aufregendes zu erleben. Da mein Vater wegen seines Bürgermeisterpostens viel unterwegs war, mussten auch meine älteren Schwestern pflügen und eggen und somit die Söhne ersetzen.

Eines Tages kam meine älteste Schwester Alma vom Pflügen heim gelaufen und rief: „Die Pferde können nicht weiter ziehen, es ist was Schweres in der Erde."

Vater war gerade nach Hause gekommen. So nahmen sie Spaten und Kreuzhacke mit — und gruben eine Fliegergranate aus! Zum Glück explodierte sie nicht. Die Granate wurde heimgeholt und am Tor unter einen Kirschbaum gelegt. Dort lag sie dann viele Jahre lang. Wir Kinder setzten uns auf die Granate und spielten darauf. Heute weiß ich, dass es großer Lichtsinn war und wir großes Glück hatten. Es gab damals bei uns sehr viele Todesfälle, da keiner die Leute vor den

Blindgängern warnte. Studenten suchten die Granaten zusammen, stapelten sie auf einen Haufen und legten Feuer. Nach der Explosion sammelten sie das Kupfer und verkauften es zu einem guten Preis. Bei so einem Experiment hatte einer nicht aufgepasst, und er verlor dabei einen Arm.

Die Landwirtschaft in der Ukraine war sehr ertragreich. Unkraut gab es kaum. Ich kann mich noch erinnern, dass wir die Futterrüben nur einmal gehackt und verzogen haben. Mutter warf dann einfach Tomatensamen zwischen die Reihen. Wenn wir aus der Schule kamen, gingen wir quer übers Feld und pflückten uns gleich die schönen großen Tomaten. Wir brachen sie auseinander und bissen in das glitzernde Fruchtfleisch, welch ein Genuss! Es wurde auch für den Winter vorgesorgt. Große Tonnen mit Tomaten und Gurken wurden von Mutter sauer eingelegt, sodass wir auch in der Zeit, wo es auf den Feldern nichts zu ernten gab, Vitamine hatten. Nicht zu vergessen die Äpfel, Möhren, Kohlrüben, Rote Beete, Kürbisse, Sauerkraut und in großen Ballons wurden Kirschen haltbar gemacht. Bei uns gab es auch riesige Wälder, in den es Pilze und Haselnüsse in großen Mengen gab. Mutter nahm uns Kinder, als wir schon größer waren, mit in den Wald. Sie setzte sich auf einen Baumstumpf und putzte gleich die Pilze, die wir ihr zutrugen. Daheim wurden die Pilze im Backofen getrocknet und in einem Leinensack für den Winter aufgehoben. Genauso machten wir es mit den Nüssen. Zu Weihnachten wurde dann nach Herzenslust geknackt. Mutter bastelte und nähte für uns Mädchen Puppen, und Vater zimmerte und sägte Holzspielsachen. Das Geld war knapp, so versuchten unsere Eltern, uns trotzdem eine kleine Freude zu bereiten. Mutter konnte das schönste Zuckergebäck und so manchen herrlichen Kuchen backen. Wir waren auch mit dem Wenigen zufrieden. Wenn dann das Christkind kam, waren wir selig.

Heute weiß ich, dass man nicht viel braucht, um glücklich zu sein.

Feiertage und Köstlichkeiten

An ein Weihnachten erinnere ich mich ganz besonders. Wir Kinder fieberten dem Fest entgegen, da gab es so viele Heimlichkeiten. Es wurden Weihnachtsmänner gebacken, die mit Schokolade oder Zuckerguss überzogen wurden. Wir Kleinen durften diese Leckereien natürlich nicht vor dem Fest sehen, aber wir riskierten es doch. Wie herrlich waren die Kuchen, die im eigenen Backofen gebacken wurden! Es gab auch frisches herrlich duftendes Brot. Am Heiligen Abend wurde endlich der große Schinken, welcher schon lange vorbereitet worden war, in den Bratofen geschoben. Es roch im ganzen Haus herrlich, so richtig nach Weihnachten, das heißt, nach vielen Heimlichkeiten. Meine Eltern und die zwei großen Schwestern fuhren jedes Jahr am Heiligen Abend in das fünfzehn Kilometer entfernte Dorf Karolinowka zur Christmette in die evangelische Kirche. In diesem Jahr durfte ich mit.[*] Mein Herz jubelte.

Wir saßen im Pferdeschlitten und fuhren durch eine Landschaft voller Schnee, so weit das Auge reichte. Die Sonne ließ den Schnee wie tausend Kristalle glitzern. Im Wald hingen die Zweige der Tannen durch die Last des Schnees fast bis auf die

---

[*] Es konnte immer nur ein Kind mit zur Christmette aufgrund des begrenzten Platzes auf dem Schlitten.

Erde. Es sah so märchenhaft aus, dass ich mir einbildete, die Zweige wären Riesen, Feen und Gnome. Der Wind fuhr durch die Wipfel und Äste und raunt mir zu: „Fahr, fahr zu, es weihnachtet schon."

Viele Menschen strömten in die Kirche. Innen strahlte sie festlich und feierlich. Der große Tannenbaum erstrahlte im Lichterglanz, der Pfarrer predigte von Liebe und Frieden. Zum Schluss sangen alle „Stille Nacht, heilige Nacht". Ich stand neben meinen Eltern und konnte dieses Feierliche und Geheimnisvolle um uns herum nicht fassen. Es war wie ein Traum. Dann fuhren wir nach Hause. Der Schnee knirschte unter den Kufen des Pferdeschlittens. Die Sterne am Firmament und die Glöckchen um den Hals der Pferde geleiteten uns.

Ich fühlte mich, als würde mein Herz vor lauter Freude zerspringen, und ich flöge mit Engeln und Feen zum Christkind. Ich war wohl eingeschlafen, da zupfte mich meine Mutter am Mantelärmel. Als wir uns von den herrlich warmen Decken und Pelzen befreit hatten, liefen wir schnell ins Haus. Als ich die Tür zur „guten Stube" aufmachte, empfing mich ein großer Tannenbaum mit vielen brennenden Kerzen, bunten, selbst gebastelten Papierketten, Strohsternen, Süßigkeiten und Plätzchen, die im geheimnisvollen Lichterglanz nur noch auf uns gewartet hatten. Unter dem Baum lagen kleine und große Päckchen, die aber für uns noch tabu waren, denn zuerst wurde nach unserem Brauch ein Gebet oder ein Gedicht aufgesagt, je nachdem, was derjenige besser konnte. Mein Vater spielte auf der Geige Weihnachtslieder und wir Kinder und Mutter sangen dazu. Meine Mutter konnte wunderbar singen. Die Strophen wurden immer schneller gesungen, denn keiner konnte es länger aushalten, um die Päckchen endlich auspacken zu können. Was wohl das Christkind alles gebracht hatte? Ich konnte nicht schnell genug das Papier entfernen, da kam es zum Vorschein, ein wunderschönes Winterkleid und welch ein Wunder, für mich Leseratte ein Märchenbuch. Sofort wurde im Buch geblättert, um über die schönen bunten Bilder zu staunen. Nun endlich gab es Abendbrot, welches wir vor lauter Aufregung ganz vergessen hatten. Der große Schinken kam jetzt auf den Tisch. Unsere Mutter schnitt nun jedem eine große Scheibe davon ab. Uns lief das Wasser im Mund zusammen. Zum Schinken gab es selbst gebackenes Brot und Semmeln. Zur Feier des Tages durften wir „Kleinen" auch von dem heißen Punsch kosten. Oh, wie das im Bauch prickelte und eine wohlige Wärme verbreitete, es war wunderbar.

Zum traditionellen Weihnachtsessen gehörten auch die Mohnklöße. Die Brötchen wurden schon Tage vorher getrocknet, dann Mohn gekocht und zweimal durch den Fleischwolf gedreht, damit er schön zart war. Abgekochtes Wasser wurde kalt gestellt. Nun wurden die Brötchen klein geschnitten, in eine Schüssel oder Teller getan, Mohn, Zucker und Wasser dazugegeben und genüsslich verspeist. In meiner Familie wird das Gericht heute noch am Heiligen Abend gegessen.

Nach dem Genuss solch herrlicher Speisen wurden wir müde und bekamen unseren wohlverdienten Schlaf, der uns in das Land der Träume entführte.

Gesegnete Weihnachten

Frohe Weihnacht, stilles Hoffen, alles Eis ist da gebrochen.
Ja, wir denken in Freud und Leid, ach wäre doch immer Weihnachtszeit.
Unsere Gedanken wandern weiter, die Erinnerung unser Begleiter.
Ach, wie war das wunderschön vor dem Weihnachtsbaum zu steh'n.
Pfefferkuchen, Mandeltaschen und so manches noch zum Naschen
gab es dann zum Weihnachtsfeste, für uns Kinder nur das Beste.
Dann kam der Krieg, wir mussten raus, verlassen blieb das Elternhaus.
Es kam für uns gar bittere Not, wir hatten nicht mal trocken Brot.
Wie waren die Weihnachtsgaben so klein, doch wir konnten und damals von Herzen freu'n.
Wir Eltern, wir wissen, wie es gewesen, das steht in keinem Buche zu lesen.

Die Jahre, sie zogen an uns vorbei, da hilft keine Jammern, vorbei ist vorbei!

Nun ist der Wohlstand bei uns eingekehrt, die Geschenke, so groß, von bedeutendem Wert.

Die Wünsche, sie steigen, wohin, nur wohin, was hat noch die Weihnacht für einen Sinn?

Wir zünden die Kerzen an, für die ganze Welt, für Dich und für mich ist auch eine bestellt.

Wir wünschen uns Frieden, wir wünschen uns Freud, wir wünschen uns allen eine gesegnete Weihnachtszeit!

Selma Stadermann

Am Neujahrstag kamen Polen und Ukrainer zu uns ins Haus, um für das neue Jahr Glück zu wünschen. Bei den Ukrainern war es so Brauch, dass man in einem Beutel Getreide mitbrachte und in die Stube warf und dazu folgenden Spruch aufsagte: „Ich säe und mit dem Säen wünschen wir Euch Gesundheit und Glück für das neue Jahr. Gott gebe, dass wir in Frieden das neue Jahr erleben." Natürlich wurden alle mit Braten und Brot sowie Wodka bewirtet.

Für uns Kinder war es jedes Mal ein tolles Erlebnis.

Bei uns gab es keine Berge, nur einige kleinere Hänge, aber Schlitten sind wir trotzdem gefahren und hatten unseren Spaß. Mutter hatte uns lange wollene Strümpfe gestrickt und Vater hatte für den Winter Holzschuhe für alle gefertigt. Sie waren gefüttert und wärmer als die modernen Schuhe heute. Die trockene Kälte machte uns gar nichts aus, wir waren ja dort geboren und die Kälte gewohnt, auch waren wir abgehärtet. Nur wenn Vater die deutsche Zeitung bekam, welche aus dem deutschen Dorf geschickt wurde, wurde es anders. Da entstand vor meinen Augen eine andere Welt. Irgendwo da draußen war Deutschland, wo meine Ahnen herkamen. Es war fast ein heiliges Wort, da begriff ich, dass wir anders waren.

Die Zeitung gehörte nach Vater mir. Vor allem der Roman, der dort wöchentlich in Fortsetzungen abgedruckt wurde, hatte es mir angetan. Ich glaube, schon damals wurde bei mir das Interesse zum Lesen und der Durst zu wissen, was in der Welt so alles geschieht, geweckt.

Wir besaßen als Einzige in unserem Dorf ein Radio mit Kopfhörer. Es war für uns Kinder eine Auszeichnung, wenn wir den Hörer aufsetzen durften. Und oh welch ein Wunder, wir konnten Musik und Stimmen hören. Im Nachbardorf gab es ein Kino, wo wir von der Schule aus geschlossen hingingen. Wir konnten es gar nicht fassen, dass da Menschen auf der Leinwand waren, wenn es auch nur ein Stummfilm war. Wir waren jedenfalls überglücklich.

Es war der Anfang einer Technikgeschichte, die nicht nur Glück und Frieden bringen sollte, sondern auch Leid und Zerstörung.

Die Jahre der Kindheit, wo wir froh und glücklich waren, sollten bald vorbei sein.

Die glücklichen Jahre sind vorbei

Als Kinder bekamen wir vom Geschehen in der Welt wenig mit. Ich weiß noch, als im Sommer 1939 Vater zu uns sagte: „Wir haben Krieg!" Wir fragten uns, was ist das? Die Silberpfeile dort oben am Himmel, waren das die Vorboten? Es sollte nicht lange dauern, bis wir die Folgen zu spüren bekamen.

Eine Kindheit, die sorglos und glücklich war, endete, als Nazideutschland Polen im September 1939 überfiel. Obwohl Polen, Ukrainer und Deutsche Jahrhunderte lang friedlich zusammengelebt hatten, wurde plötzlich die Angst ein täglicher Begleiter, als Deutschstämmige für die Verbrechen des Aggressors verantwortlich gemacht und in Konsequenz ermordet zu werden.

Eines Tages kamen zwei polnische Polizeibeamte und nahmen Vater ohne eine Erklärung mit.

Aber natürlich: Es war Krieg – und wir waren Deutsche.

Am nächsten Tag spannte Mutter die Pferde an und fuhr in die sechs Kilometer entfernte Stadt Swinuchi (in der Nähe von Horochow) aufs Bürgermeisteramt, um zu erfragen, was das alles soll, und wo sie Vater hingebracht haben. Aber die Beamten wollten nicht mit der Sprache rausrücken. Doch da hatten sie sich verrechnet. Mutter war nicht nur eine große, sondern auch eine couragierte Frau. Sie stellt ihnen die Frage: „Was hat euch mein Mann getan? Auch wenn er Deutscher ist, hat er die ganzen Jahre als Bürgermeister doch zu eurer Zufriedenheit gearbeitet, oder hattet ihr etwas auszusetzen? Ich will jetzt sofort wissen, wo er ist!" Als die Beamten sahen, dass Mutter sich nicht so einfach abspeisen ließ, rückten sie mit der Sprache raus. Er sei auf ein dreißig Kilometer entferntes Gut zur Arbeit geschickt worden.

Natürlich hielt es Mutter nicht mehr zu Hause. Sie nahm meinen dreizehn Jahre alten Bruder Artur und fuhr zu diesem Gut, um Vater zu holen. Von einem Auto konnte man in dieser Zeit nur träumen.

Viele Deutsche wurden schon damals misshandelt. Wie gesagt, es war Krieg und wir waren nun Feinde. Dies war für uns Kinder schwer zu begreifen. Für uns fünf Kinder (meine älteste Schwester war nach Lettland gefahren, um Geld zu verdienen, da es bei uns nur Landwirtschaft gab) war es nicht einfach, ohne unsere Eltern zu sein, die erst am nächsten Tag wiederkamen. In der Nacht konnten wir vor Angst nicht schlafen. Auf der Hauptstraße, nicht weit von uns entfernt, wurden Verwundete transportiert, die vor Schmerzen jammerten und schrieen. Es war grauenhaft für uns Kinder. Wir mussten das Vieh versorgen und die Kühe melken.

Meine ältere Schwester war neunzehn, aber alles wollte sie auch nicht allein machen. Ich, mit meinen zwölf Jahren, musste die Kuh melken, ach wie war das schlimm. Ich zog an einer Zitze, aber es kam keine Milch, was sollte ich nur machen? Was kam, waren meine Tränen, die in den Eimer kullerten. Plötzlich stand unsere ukrainische Nachbarin hinter mir und sagte: „Komm Kind, ich melke die Kuh." Mein Gott, war ich froh und glücklich.

Da wir uns gegenseitig beim Dreschen halfen, musste ich am nächsten Tag zum Nachbarn, um dort zu helfen. Ich war ein armes, dürres Ding und schaffte es nicht, das Stroh zu tragen, welches von der Maschine fortgebrachte werden musste. Der Bauer hatte ein Einsehen und schickte mich nach Hause.

Wenn es nicht so traurig und gefährlich gewesen wäre, hätte man hinterher lachen können. Durch das sichere und entschlossene Auftreten meiner Mutter hatten die Aufseher Vater wirklich mitfahren lassen.

Es war einige Tage später, als Vater wieder zu Hause war. Abends sagte er zu uns: „Kinder, heute Nacht schlaft ihr alle bei Panaschczuk, unserem ukrainischen Nachbarn, in der Scheune. Wir haben erfahren, dass wir heute Nacht von den Polen ermordet werden sollen." Unsere Eltern, älteren Geschwister, sowie die ukrainischen Nachbarn hielten auf dem Feld vor unserem Haus die ganze Nacht Wache. Sie waren mit Gabeln, Äxten und anderen Kampfgegenständen bewaffnet. Zum Glück ist dieser Kelch an uns vorbeigegangen, nur die Erinnerung ist geblieben, die uns keiner nehmen kann. Wir hatten alle in Frieden gelebt, erst der Krieg brachte den Hass und die Gewalt in das Land.

Es war der so genannte „Blitzkrieg", wie ihn die Deutschen nannten. Wolhynien, also die polnische Ukraine, wo auch wir lebten, wurde von den Russen besetzt. Wir als Deutsche wurden von den Soldaten zuvorkommend behandelt, waren wir doch damals ihre Verbündeten. Da Hitler alle Deutschen wieder „heim", also wo unsere Wurzeln waren, holen wollte, begannen die Verhandlungen mit der Sowjetunion. Nun standen wir unter deutschem Schutz. Am 18. Januar 1940 sollte es losgehen – heim ins Reich. Bis dahin hatten meine Eltern alles verkauft außer den Pferden, welche unsere nötigsten Sachen, was eben auf einem Pferdewagen mitgenommen werden konnte, erstmal bis nach Karolinowka bringen mussten. Am 17. Januar waren von dort zwei Pferdewagen gekommen, um uns abzuholen. Meine Schwester Alma war wieder nach Hause gekommen. So waren wir acht Personen. Das Dorf Karolinowka war unser Sammelort. In den nächsten Tagen wurden die Kinder, Kranke und alte Leute zu einer dreißig Kilometer entfernten Bahnstation (Woynice) gebracht. Es war so bitterkalt, dass Mutter ein Federbett in den Wagen und eines über uns gelegt hatte, damit wir nicht erfroren. Mein Vater war schwer

Asthmakrank, sodass er mit dem Zug fahren musste. Meine älteste Schwester Alma ist dann mit dem Wagen und den Männern bis nach Litzmannstadt (*heute* Łódź) gefahren. Auf einem großen Platz mussten die beladenen Wagen in einer Reihe aufgestellt werden. Nur mit einer Plane dicht gemacht, sollten sie dann bis zum Sommer dort stehen bleiben. Die Pferde, es waren Trakener, wurden alle der Wehrmacht übergeben.

Als im nächsten Jahr die Eigentümer der Wagen nach ihren Sachen sehen konnten, war nicht mehr viel übrig geblieben, alles gestohlen.

Die Umsiedler, wie man uns nannte, hatte man in ein Sammellager in Litzmannstadt gebracht. Am folgenden Tag kamen Frauen und Kinder in einen großen Baderaum zum Duschen. Unsere Kleidung wurde Familienweise „desinfiziert". Eine Entlausung, sozusagen.

Eine Episode war für mich an diesem Tag am schlimmsten. Ich hatte mit meinen zwölf Jahren meine Mutter noch nie nackt gesehen, damals war alles noch tabu. Im Anschluss an das Duschen mussten alle, ob alt, ob jung, nackt eine steile Eisentreppe hoch gehen. Dort saßen die SS-Männer und nahmen die Personalien auf und kontrollierten. Manchen warf man eine Decke zu, um die Blöße zu bedecken, andere mussten sich selbst was zum Bedecken holen. Ich schaute zurück und sah, wie die Männer grinsten. Es war erniedrigend, so etwas vergisst man nicht.

Nach einigen Tagen brachte man uns per Bahn in ein kleines Städtchen, Plan bei Marienbad im Sudetenland, wo wir mit noch mehreren Familien in einer Schule untergebracht wurden. Die sollte uns als Wohnung dienen.

Für meine jüngere Schwester Meta und mich war es eine schöne Zeit. Gegenüber der Schule, in einem hübschen kleinen Häuschen wohnte eine ganz liebe Familie, die Familie Kotzeger, welche mit zwei angestellten Frauen eine Schneiderei führte. Da die Familie kinderlos war, bemutterte und verwöhnte man uns, als wenn wir die eigenen Kinder wären. Wir bekamen neue Kleider und andere Geschenke, es war einfach wunderschön.

Leider wurden auch sie, wie wir erfuhren, 1945/46 aus ihrer Heimat vertrieben. Nach sechs Monaten mussten wir wieder Plan verlassen und es ging mit dem Zug zurück nach Litzmanstadt (Łódź). In einer großen, leeren Fabrik wurden Hunderte von Menschen untergebracht. Wir bekamen Decken, welche wir über das Stroh warfen, das heißt, es war nur noch Häcksel. Wir schliefen in unseren Sachen. Verpflegt wurden wir wie die Wehrmacht – mit den gleichen Rationen.

Nach acht Tagen ging es weiter nach Pabianitz (poln. Pabianice, liegt in der Mitte Polens, 17 Kilometer südwestlich von Łódź). Es war ein Villenort, der in einem großen Park lag. Dieses Viertel wurde von wohlhabenden Juden als Urlaubsort benutzt. Zu dieser Zeit waren sie bereits alle verschleppt worden. In diesen Häusern konnten wir kaum schlafen, die Wanzen ließen uns keine Ruhe. Am nächsten Morgen waren alle voller Quaddeln. Ob die wohl wussten, dass wir hier nicht willkommen waren?

In unserer Heimat Wolhynien war uns von der deutschen Kommission versprochen worden, dass die Familien alles ersetzt bekämen, was sie zurückgelassen haben. Es sollten Güter aufgeteilt und Häuser gebaut werden. Leider sah die Wirklichkeit anders aus. Man brachte uns nicht nach Deutschland zurück, sondern in die eroberten polnischen Gebiete. Wir wurden wieder in einen Zug verladen, sogar mit SS-Begleitung. Wir sollten in das Dorf Walichnowy (dt., Lichtenwall). Es standen bereits Polen mit ihren Pferdewagen auf dem Bahnhofsplatz, welche uns zu entfernten Dorf bringen sollten.

Es war ein seltsames Gefühl, als wir unsere paar Habseligkeiten verladen hatten und nicht wussten, was uns dort erwartet. Als wir vor das Dorf kamen, begegneten uns weinende Frauen. Was sollte das bedeuten? Unsere Eltern sagten kein Wort. Wir mussten bis ans Ende des Dorfes fahren. Dort wartete die SS auf uns. Sie riefen: „Müller, Gustav, hier auf diesen Hof." Unsere Sachen wurden vor dem Haus abgeladen. Nun standen wir da und wussten nicht, was wir machen sollten.

Vater hielt die Papiere in der Hand, welche ihm die SS ausgehändigt hatte. Vor dem Haus stand eine Bank. Wir setzten uns darauf, und die Tränen liefen uns übers Gesicht.

Man hatte die Polen rausgeschmissen und uns sozusagen angesiedelt. Die Leute durften nur ihre Sachen aus dem Haus mitnehmen, das Vieh blieb im Stall. Nicht nur wir hatten alles verloren, sondern auch die Polen. Jahre harter Arbeit, Sorgen und Mühe waren vergebens gewesen – auf beiden Seiten. Wo war die Gerechtigkeit, die Achtung vor dem Menschen?

Es war später Nachmittag geworden, im Stall brüllten die Kühe. Es war Zeit zum Melken. Plötzlich sagte Vater: „Kinder, wir können es nicht ändern, das Vieh muss versorgt werden, und die SS macht auch gleich ihre Kontrollrunde."

So erfolgte unsere Umsiedlung mit einer der größten Lügen der Geschichte: Bei der „Heimholung ins Reich" wurde uns versprochen, dass wir in Deutschland einen neuen, voll ausgestatten Hof zur Bewirtschaft erhalten würden. Dazu ist es nie gekommen.

Unser Vater war ein sehr guter Bauer und an Arbeitskräften fehlte es nicht. Durch die richtige Bearbeitung des Bodens konnte man recht bald den Erfolg deutlich sehen. Innerhalb von vier Jahren war die Ernte fast auf das Doppelte gestiegen, sodass die Polen ganz sprachlos waren.

Zwischenstationen

Meine Schwester Meta war ungefähr zehn und ich dreizehn Jahre alt. Natürlich mussten wir in eine Schule und lernen. Es dauerte auch nicht lange und die polnische Schule wurde zu einer deutschen Schule umfunktioniert. So gab es für die polnischen Kinder keine Schule mehr. Als Kinder begriffen wir diese Ungerechtigkeit nicht. Ich besuchte zwei Jahre die Volksschule und schloss mit der achten Klasse ab. Die anderen Kinder hatten in Wolhynien schon die deutsche Schule besucht. Wir waren im Vorteil: Vater hatte uns daheim Privatunterricht gegeben, und in der dortigen Schule hatten wir bereits die polnische Sprache in Wort und Schrift gelernt. Nach zwei Jahren Volksschule ging ich nun mit meiner Freundin Lona (Adeline Stenzel) in unsere achtzehn Kilometer entfernte Kreisstadt Welun (poln. Wieluń) zur Haushaltungs- und Handelsschule. Es waren zwei schwere, aber auch schöne Jahre.

Ich war ein Naturkind und vertrug die Luft in den Klassenräumen nicht, sodass ich oft an die frische Luft musste. Achtzehn Mädchen waren im Kinohaus untergebracht, wo wir uns drei Zimmer und Toiletten mit großem Duschraum teilten.

Wir brauchten nur die Treppe runter zu gehen, dann waren wir im Kinoraum. Auf demselben Hof befand sich das polnische Gymnasium, wo wir unterrichtet wurden. Die Jungen waren im gleichen Gebäude untergebracht. Wenn Filme liefen, die für Jugendliche verboten waren, wären wir natürlich zu gern rein gegangen. Bei einem Polizisten hatten wir Glück. Er gab uns den Tipp: „Bindet euch ein Tuch um, dann seht ihr älter aus." Es klappte und es war für uns Sechzehn- und Siebzehnjährige ein tolles Erlebnis. Natürlich durften wir auch ins Theater, aber nur in der Gruppe und mit Begleitung eines Lehrers oder des Heimleiters.

Eines Tages im Jahr 1943 zog eine Kompanie Soldaten ins Städtchen ein. An einem Samstagabend gingen wir Internatsschüler geschlossen ins Theater Die Soldaten waren ebenfalls dort. Ich muss sagen, wir Mädchen sahen nicht schlecht aus. Das fanden die Soldaten auch. So wurden natürlich heimlich Adressen ausgetauscht, ohne dass es unsere „Bewachung" mitbekam, da die Soldaten weitermarschieren mussten. Nach ein paar Tagen flatterte so mancher Brief ins Internat. Unsere Heimleiterin staunte nicht schlecht und fragte uns: „Sagt mal, habt ihr euch gleich die ganze Kompanie angelacht?" „Aber nein, Frau Römling, nur die halbe", erwiderten wir. Manchmal wurde unsere Post auch kontrolliert. Die Begründung: weil wir vom Lernen abgelenkt würden. Wir durften aber auch Soldatenbesuch empfangen, natürlich unter Aufsicht, obwohl wir doch anständige Mädchen waren, ehrlich!

Trotz allem hatten wir viel Spaß. Unsere Jungen benutzen die Kellerfenster, um in der Nacht unbemerkt in die Stadt zu kommen. Am nächsten Tag kam die Polizei zur Direktorin, um die Jungen zur Verantwortung zu ziehen. Doch sie verteidigte sie mit Händen und Füßen, wie es so schön heißt. Sie hatte an diesem Abend die Aufsicht und hatte ihnen um zweiundzwanzig Uhr eine „Gute Nacht" gewünscht.

Beim nächsten Mal waren die Jungen vorsichtiger und ließen sich nicht von der Polizei erwischen. Auf dem Hof stand auch ein Feuerwehrhaus. Wenn die Jungen uns ärgern wollten, holten sie den Feuerwehrschlauch raus und spritzten das Wasser durch die offen stehenden Fenster in unser Zimmer. Das war ein Gekreische.

1943 war die Verpflegung sehr knapp. Wir durften alle vierzehn Tage nach Hause fahren, die meisten wohnten auf dem Lande. Jeder von uns kehrte mit etwas Essbarem ins Internat zurück. Unser Mitschüler Viktor Solich, dessen Vater eine Fleischerei besaß, brachte natürlich Gehacktes mit. Unser Hausmeister war ein Pole, ein Pfundskerl, auch seine Frau war ganz toll. Da wir Schüler ein gutes Verhältnis zu ihnen hatten, deponierten wir unsere Lebensmittel bei ihnen. Am Abend, wenn die Luft rein war, trafen wir uns dort, um ordentlich zu schmausen. Es war nämlich strengstens verboten, Lebensmittel in das Internat zu bringen. Aber wir fanden immer einen Ausweg.

Meine Schwester Erna war in Posen, wo sie den Beruf der Hebamme erlernte. Ab und zu schickte sie mir ein paar Kuchenmarken. Bei uns auf dem Land gab es natürlich keine.

An einem Sonntag konnten wir nicht nach Hause fahren. Da wollten meine Freundin Lona und ich auch mal ins Café gehen. Die Stadt war aber voller Soldaten. Wir durften deshalb nur mit Erlaubnis in die Stadt, wenn überhaupt. Also sagten wir nicht, dass wir in die Stadt gingen. Na und wie es der Zufall so will, war auch die Haushaltsgehilfin unserer Direktorin im Café – oh, la, la. Wir zwei mussten natürlich am nächsten Tag im Büro antanzen. Das Ergebnis war niederschmetternd. Wir mussten in unserer Freizeit, acht Tage lang, die großen Fenster der Schule putzen. Nun waren wir dran, wir wurden gefoppt und ausgelacht, besonders die Jungen hatten ihren Spaß. Werden Schaden hat, braucht natürlich für den Spott nicht zu sorgen…

Doch man sollte nicht schadenfroh sein. Drei Tage später durften sie mitputzen!

Wir kamen auf die tollsten Ideen, und es wurde nie langweilig. Eine Schülerin machte noch am Abend nebenan in der Schule ihre Schulaufgaben. Wir gingen in ihr Zimmer, wo vier Betten standen. Aus ihrem Bett nahmen wir die mittlere Matratze raus, stellten eine Schüssel mit Wasser rein, zogen das Bettlaken straff und nun aufgepasst. Als Irene in das Zimmer kam riefen alle: „Schnell, schnell, Fräulein Stein kommt schon um uns Gute Nacht zu sagen." Sie zog sich schnell aus, die eine der anderen Mädchen knipste das Licht aus und ein Schrei folgte. Licht wieder an und Irene lag in der Wasserschüssel. Die ganze Meute hatte ihren Spaß.

Dann eines Tages ritt meine Freundin Lona der Schabernack. Sie puderte mit Mehl ihr Gesicht, schnitt aus Kartoffeln große Zähne aus, hüllte sich in ein Bettlaken und kam die Treppe in unserem Heim hoch. Zum Unglück hatte sich eine Schülerin im Flur unter den Wasserhahn gebückt, um Wasser zu trinken. Hörte, dass irgendjemand die Treppe hoch kam, und sah aus den Augenwinkeln den vermeintlichen Geist. Sie erschreckte sich so, dass sie sich am Wasserhahn ein Stück vom Zahn abbrach und ziemlich blutete. Wir waren sehr erschrocken darüber, nun war es kein Spaß mehr.

Natürlich hatten wir im Heim auch einen Duschraum für ungefähr acht bis zehn Mädchen. Wenn wir alle im Duschraum waren, machte es schon Spaß. Nach dem Abseifen alberten wir natürlich herum und wollten nicht aufhören. Aber da hatten wir die Rechnung ohne den Hausmeister gemacht. Der drehte das kalte Wasser auf und trieb uns so schnell in unsere Zimmer.

Eines der Mädchen, Elisabeth, war strammer als wir und für ihre siebzehn Jahre auch weiter entwickelt. Sie ließ beim Duschen ihren Schlüpfer an. Ein paar Tage ließen die anderen sie in Ruhe, aber dann ging es los. Ich sollte ihr als Stubenälteste klar machen, dass es so nicht ginge, sie sei auch nicht anders als wir. Aber meine Elisabeth sagte: „Nein!" Nun kam es, wie es kommen musste. Beim nächsten Duschen gingen die Weiber zum Sturm über und ruckzuck war der Schlüpfer runter, und Elisabeth war einige Tage sauer auf mich. Aber mit der Zeit renkte sich alles wieder ein.

Es war schon eine schöne gemeinsame Zeit für uns. Leider sollte diese ungezwungene Zeit bald vorbei sein.[*]

Wir waren sechs Mädchen auf dem Zimmer. Meine Bettnachbarin Else Gatzke war ein richtiges Unikum. So groß wie sie war, so rund war sie auch, aber ein Pfundskerl. An sie erinnere ich mich immer wieder gern.

Wenn wir Mädchen ein Tief hatten, setzte sie sich aufs Bett, nahm irgendetwas - ein Spielzeug oder ein Kissen - in den Arm und fing an zu beten, zu singen oder Liebesgeschichten zu erzählen. Es war alles so drollig, dass unser Kummer im Nu verflogen war und wir herzlich lachen mussten.

---

[*] Einer unserer Mitschüler, Gustav Ackermann, in den wir uns fast alle verguckt hatten, war ein begeisterter Segelflieger. (Um vorzugreifen, er hatte sich 1944 freiwillig zu den Fliegern gemeldet und wurde zwei Monate später über Frankreich abgeschossen.)

Handelsschule, 1943 (Selma Müller – 2. Reihe von unten, links)

Das Jahr 1944 ging dem Ende zu. Die Front kam immer näher und mit ihr der Russe. Wir fuhren im Juli alle nach Hause.
Es ahnte keiner, dass wir uns nie wieder sehen würden.
Ich wollte Wirtschaftsleiterin werden, hätte auch im Herbst meine Lehre bei Frau Larisch in Gräfen-Westerode in Münster/Westfalen anfangen können, aber es ging bereits alles drunter und drüber.

Auch wegen der massiven Fliegerangriffe ließen mich meine Eltern nicht fort. Als Stalingrad fiel, sagte mein Vater: „Nun haben wir den Krieg endgültig verloren, und wir müssen damit rechnen, dass wir wieder ziehen müssen."

Im Oktober bekamen wir in unser Dorf eine Kompanie Funker als Einquartierung.

Meine Schwester Erna hatte in Posen die Lehre als Hebamme abgeschlossen und in unserem Dorf ihre Praxis eröffnet. Sie besaß ein eigenes Haus mit mehreren Zimmern, sodass am Samstag bei ihr immer was los war. Einer der Soldaten spielte auf seinem Schifferklavier. Es wurde getanzt und gelacht. Wir waren jung und an so einem Abend vergaßen wir den Krieg, das Leid und die Sorgen.

Ich war siebzehn, schlank, blond mit blauen Augen, sodass so mancher Soldat mir nachschaute. Natürlich war es auch da für ein Mädchen ganz schön gefährlich, die schmucken Uniformen und so mancher schmucke Kerl.

Eines Abends beim Tanz war es dann geschehen, ich verliebte mich in einen Funker, Werner Stöckmann, und er sich in mich. Ach, wie war ich da selig, wir trafen uns weiter bei meiner Schwester, wenn er frei hatte. Wir redeten, erzählten uns von unseren Familien, er von seinem Bruder, der im Lazarett gelegen hatte und machten zusammen Abendbrot. Es war richtig schön, wir brauchten nicht mehr zum Glück, nun ja, geküsst haben wir uns schon. Das gehört ja wohl dazu, wenn man verknallt ist, und ich war so naiv und unschuldig.

Doch dann kam der Silvestertag, den ich nie vergessen sollte – ebenso wenig wie meine erste Jugendliebe. Werner hatte an diesem Abend Dienst. Die Offiziere und Funker feierten unter sich in einem separaten Raum in der Schule und die Soldaten im Saal. Ich wusste damals nicht, dass man Werner und mich an diesem Abend auseinander bringen wollte. Die Schwester der Lehrerin hatte es auf ihn abgesehen, natürlich war sie älter als ich. Ein Funker holte meine Schwester ab und ein Offizier mich. Sein Vorname war Ernst, und er sagte mir, dass Werner Dienst habe und er deshalb komme. Dass mein Freund in der Funkerstube auf mich gewartet hatte mit den Worten: „Und wo ist meine"? Das hatten mir meine Schwester und ihr Freund nicht gesagt.

So kam es, als mein Freund um dreiundzwanzig Uhr in den Saal kam, glaubte, dass ich mir einen anderen angelacht hätte. Somit hatte meine Rivalin ein leichtes Spiel. Natürlich war ich zu unerfahren und zu schüchtern. So endete, wie ich damals glaubte, meine erste große Jugendliebe. Ach wie war ich da unglücklich. Ich glaube, die erste Liebe vergisst man nie.

Die Soldaten mussten am 01. Januar 1945 aus Lichtenwall fort. Den Abend zuvor war ein Funker bei mir, um einen Knopf von meinem Kleid wieder zu bringen, welchen ich beim Tanz verloren hatte. Er versuchte, mich zu trösten und glaubte, mich für sich gewinnen zu können, doch das ging wirklich nicht. Man kann doch seine Gefühle nicht von heute auf morgen sofort ändern.

Am 09. Januar 1945 bekam ich von ihm einen Brief, es war der letzte überhaupt vor und nach dem Zusammenbruch der Frontlinie und unserer Flucht. Er schrieb mir, dass er mich sehr mag und es vorausgesehen hätte, dass es mit mir und Werner nicht lange anhalten würde, weil ich mich nicht vergessen hätte und mit ihm leichtsinnig geworden bin. Es täte ihm nur leid, dass er nicht gleich zu mir gekommen wäre. Er schrieb weiter, Werner hätte dann bei der anderen das bekommen, was er bei mir nicht bekam. Diese Behauptung glaube ich wiederum nicht, da Werner es bei mir gar nicht versucht hatte, was sowieso zwecklos gewesen wäre. Eines weiß ich gewiss, dass ich ihm nicht gleichgültig war.

Denn Werner hatte auf den Rand dieses an mich gerichteten Briefes heimlich „Viele Grüße, Werner" geschrieben?

Ich will fünfzehn Jahre vorgreifen. Mein Bruder, der im Krieg seinen linken Arm verloren hatte, war 1949 über die Grenze in die englische Besatzungszone gegangen. In Westdeutschland gab es Zentralen des Roten Kreuzes, wo man Auskunft über Flüchtlinge und Vermisste einholen konnte. Er hatte dorthin geschrieben. Somit erfuhr mein Bruder, dass für mich dort Post aufbewahrt wurde. Ich schrieb natürlich dort hin und bekam einen Brief von einem unbekannten Kriegsgefangenen aus

Amerika. Wer war er? Warum schrieb er mir? Fragen über Fragen, die nicht mehr beantwortet werden können.

Natürlich hatte ich nach Amerika geschrieben, doch der Brief kam leider mit dem Vermerk „unbekannt verzogen" zurück. Es war bereits das Jahr 1951, so dass bereits viele Gefangene wieder frei gelassen worden waren.

Es sind bereits mehr als sechzig Jahre seit dem Ende des Krieges vergangen, aber kann man das alles vergessen? Krieg, Liebe, Leid, Angst und Verzweiflung?

Nein, das alles kann man nicht vergessen, auch heute mit meinen einundachtzig Jahren nicht. Die Vergangenheit holt einen immer wieder ein.

Flucht und neue Heimat

So nahm damals 1945 das Schicksal seinen Lauf.

Der wahnsinnige Krieg war verloren, die deutschen Soldaten auf dem Rückzug. Chaos auf den Straßen, die russischen Panzer nur noch zwanzig Kilometer von unserem Dorf entfernt. So stand es für uns fest, wenn wir nicht erschossen, erschlagen oder verschleppt werden wollten, mussten wir fort. Wir beherrschten zwar die russische und die polnische Sprache perfekt, aber wer sagte uns, ob wir nicht als Spione oder Verräter behandelt würden? Im Krieg war alles möglich. Die Vergangenheit hatte uns gelehrt, vorsichtig zu sein. Wir hatten großes Glück, dass wir zwei Pferdewagen hatten, bei acht Erwachsenen und zwei Kleinkindern im Alter von drei und einem halben Jahr, konnten wir wirklich nur das Nötigste mitnehmen. Die Kleinen waren Ursel, die Tochter meiner Schwester Alma, und Helmut, der Sohn von Erna, deren Väter an der Front waren.

Einige Sack Hafer für die Pferde, für uns Mehl und Fleisch sowie Wurstwaren aus der eigenen Schlachtung. Unsere Mutter hatte am Tag vor unserer Flucht einen großen Backofen voll Brot gebacken. Diese wurden zur Haltbarmachung in einem Sack verstaut. Da meine Eltern bereits den Ersten Weltkrieg und die damalige Verschleppung mitgemacht hatten, wussten sie, was bei einem ungewissen Schicksal nötig war. Somit hatten wir wenigstens etwas zu essen mit auf unserer großen Reise. Ohne Lebensmittel wurde die Flucht für viele Menschen zum Verhängnis. Doch nun war unsere größte Sorge, ob unsere Pferde es schaffen würden. Auch von uns wurden zwei Pferde in den letzten Wochen von der Wehmacht beschlagnahmt, um bei den Schützengräben in Schlesien eingesetzt zu werden. Zum Glück bekamen wir sie noch rechtzeitig zurück. Leider war das eine Pferd sehr krank Es war Januar, und Mensch und Tier litten unter der Kälte. Wir Mädchen mussten uns zwei- und dreifache Kleidung anziehen. Vater sagte zu uns: „Wenn wir Pech haben, kann es passieren, dass wir nur das behalten, was wir auf dem Leib tragen."

So zogen wir in dunkler Nacht am 18. Januar 1945 um ein Uhr morgens los, in stockfinsterer Nacht, da die russischen Truppen plötzlich bedrohlich dicht an unser Dorf vorgerückt waren. Es dauerte nicht lange, da zog das ganze Dorf an uns vorbei, wir hörten sie nur noch sagen: „Ach, Müllers schaffen es sowieso nicht." Wegen unserer kranken Pferde hatten die Nachbarn uns offensichtlich bereits aufgegeben. Die Pferde hatten die Druse, eine Infektionskrankheit der oberen Luftwege, und es war fraglich, ob sie es weit schaffen würden.

So blieben wir auf der spiegelglatten Straße allein, und unsere Pferde waren unbeschlagen. In dieser Schicksalsnacht waren wir von ein Uhr bis sechs Uhr morgens nur zwanzig Kilometer gen Westen gefahren. Soldaten regelten den großen Flüchtlingsstrom. Es war ein Alptraum, dieses Elend zu sehen. Alte Männer, Frauen und Kinder waren auf der Flucht ins Ungewisse. Wir standen auf einem großen Acker, der von Wald umgeben war. Vater erkundigte sich bei einem Soldaten, wo es dort lang geht. Ich hörte nur von Vater, dass die großen Wälder voller Partisanen seien. „Kommt Kinder, wir müssen hier weg." Es war gar nicht so einfach im Schnee, mit einem großen Wagen vorwärts zu kommen. Es stürmte und schneite, doch mit vereinten Kräften gelang es uns wieder, auf die Hauptstraße zu kommen und in Richtung Breslau zu fahren. Es war spät geworden. Nach einigen Kilometern kamen wir in ein kleines polnisches Dorf, so konnten wir bei einem Bauern übernachten. Die Polen brachten Stroh in die Stube, und wir warfen uns mit unseren feuchten Sachen darauf und, so fertig wie wir waren, schliefen wir sofort ein. Nur Mutter nicht, sie wachte, denn wir hätten ja auch im Schlaf umgebracht werden können. Doch die Polen wussten wohl selber nicht, wie alles enden würde. Die Partisanen sprengten hinter dem Dorf die Bahnbrücke und überall brannte es. Am nächsten Morgen brachte uns die Polin Kaffee, zu essen hatten wir selber mit. Noch heute möchte ich den Leuten Danke sagen, es war auch für sie nicht so einfach. Meine zwei Schwestern und ich mussten fast immer laufen, nur wenn es bergab ging, sprangen wir auf einen der Wagen, der nicht mit einer Plane versehen war. Wir fuhren jetzt in Richtung Breslau, streckenweise durch Wälder. Vor den Wäldern standen Schilder mit der Aufschrift „Vorsicht Partisanen". Es war schon ein komisches Gefühl – wie wird es ausgehen?

Als wir auf die Hauptstraße kamen, mussten wir wieder runter, denn die Straße durfte nur die Wehrmacht befahren. So mussten wir auf Nebenstraßen ausweichen. Eines Tages tauchte hinter dem Wald ein Dorf auf, davor waren Tische aufgestellt. Die Bewohner hatten für uns Flüchtlinge heißen Tee und belegte Brote bereitgestellt. Wir waren über diese Fürsorge der Menschen so überrascht, dass wir hätten heulen können. In einigen Tagen mussten diese Menschen selbst ihr Heim verlassen. Hoffentlich haben auch sie Menschen gefunden, die solch ein gutes Herz hatten.

Wir fuhren nach einem kurzen Aufenthalt weiter. Plötzlich sahen wir, wie vor uns ein sowjetischer Panzer die Straße überquerte. Herrgott, war das ein Schreck für uns. Das eine Pferd konnte nicht mehr weiter, die unbeschlagenen Hufe waren wund gelaufen. Es zog den Wagen nicht mehr, sondern schob ihn rückwärts. Um aus dem Gefahrenbereich zu kommen, spannten wir das Pferd aus und ließen es laufen. Nun musste das eine übriggebliebene Pferd den Wagen ziehen. Es war gar nicht so einfach. Zum Glück war es ein leicht gebauter Wagen, transportierte aber trotzdem eine große Last.

Der Warthegau sollte ein Verteidigungsgau werden und den Russen aufhalten. Es war der größte Schwachsinn des Jahrhunderts. Die SA, SS und Parteigenossen waren schon vorher mit ihren Autos getürmt. Die Zivilbevölkerung sollte als Kanonenfutter dort bleiben.

Wir waren nun bis Schlesien gekommen. Da es Abend wurde, hatten wir das Glück, auf einem großen Bauernhof übernachten zu können. Der Mann war Soldat und die Frau ließ Schweine schlachten und in einem großen Kessel Suppe kochen, womit alle Flüchtlinge verköstigt wurden. Sie sagte zu uns: „Wer weiß, wie lange wir noch hier bleiben können."
Auch sie würde das gleiche Schicksal wie uns ereilen.
Am nächsten Morgen fuhren wir weiter, an Hirschberg vorbei, Kilometer um Kilometer. In einem kleinen Dorf, ich glaube, es hieß Baumgarten, bekamen wir wieder ein Nachtquartier. Wie waren wir glücklich, dass Mensch und Tier eine Ruhepause einlegen konnten! Die Nachbarin kam gleich und holte meine Schwester und mich zu sich rüber zum Abendbrot und zum Schlafen. Keiner von ihnen dachte daran, dass sie in wenigen Tagen auch raus mussten. Die Frau sagte zu uns: „Mein Sohn ist an der Front, ich hoffe, dass auch er Hilfe bekommt."
Auf unserer Route kamen wir auch nach Bolkenburg, wo wir zwei Tage blieben. Wir waren in einem großen, leeren Haus. Da kam am ersten Nachmittag eine Frau mit ihren zwei

Töchtern zu uns, die wir von Zuhause kannten. Sie besaßen nichts mehr, nur das, was sie am Leibe trugen. Sie waren in die Partisanenwälder gefahren, wo auch wir hin sollten. Die russischen Panzer waren dort durchgebrochen. Es muss furchtbar gewesen sein. Die Panzer haben Menschen und Fuhrwerke unter sich begraben. Die drei hatten es noch geschafft und sind vom Wagen gesprungen. Das Grauen stand ihnen noch im Gesicht geschrieben. Ich weiß nicht, wo sie geblieben sind. Der Mann war auch an der Front, es war schon sehr traurig.

Da wir an keinen Treck gebunden waren, bekamen wir überall Quartier. Auf der Straße nach Lauban (*poln.* Lubań) fuhr ein Treck nach dem anderen. Manchmal wollte man unsere zwei Wagen nicht vorbei lassen, obwohl wir nicht zu ihnen gehörten. Meine Schwester, die Hebamme, und ich hatten uns, noch bevor wir unser Dorf verlassen mussten, graue Mäntel nähen lassen, sodass wir wie Blitzmädel[*] aussahen. Jede von uns hatte in der Hand eine Reitpeitsche, eine ging hinter den Wagen, die andere vor den Wagen, zur Absicherung. Obwohl die Schlesier murrten, und unser Herz wie wild schlug, fuhren wir am Treck vorbei. Nun kam aber ein Berg von Schnee und

---

[*] „Blitzmädel wurden im Volksmund die Mädchen und jungen Frauen genannt, die während des Zweiten Weltkrieges Dienst bei der deutschen Wehrmacht vorwiegend bei der Flugabwehr (Flak) in Schreibstuben, im Nachrichtenwesen und auch an Scheinwerfern taten." Aus: Wikipedia, Artikel „Blitzmädel", http://de.wikipedia.org/wiki/Blitzm%C3%A4del

Eis. Nun riefen uns die Leute unter Lachen zu: „Na nun seht mal zu, wie ihr da hoch kommt!" Aber es war umgekehrt, unsere Hannoveraner Pferde kletterten wie Katzen hoch und die Schlesier mit ihren Belgier Pferden mussten sich gegenseitig helfen.

Wir zogen weiter. Vor Breslau überquerten wir die Oder. Soldaten nahmen uns mit den Worten in Empfang: „Wo kommt ihr noch her? In wenigen Stunden sprengen wir die Brücken." So hatten wir wieder einmal Glück.

Wir fuhren an dem Tag noch weiter bis in das nächste Dorf und hofften, dort ein Quartier zu bekommen. Es war sehr kalt, und ein fürchterliches Schneetreiben setzte ein. Die Pferde kamen kaum vorwärts. Wir hatten unsere Kopftücher tief in das Gesicht gezogen, dass wir kaum was sehen konnten, und das Atmen schwer fiel. Wir waren so fertig, dass es uns egal war, ob wir im Schnee liegen geblieben wären. Ich kann mich noch genau erinnern. Auf der rechten Seite, am Anfang des Dorfes, stand ein großer Bauernhof, wir hielten an, und Mutter und ich gingen in das Haus. Die Hausfrau war nicht allein. Zwei ihrer Töchter und einige Offiziere saßen in der Stube. Es war warm und die Anwesenden waren in bester Stimmung, als wenn der Russe gar nicht im Vormarsch wäre.

Wir baten die Hausfrau um Übernachtung. Auf unsere Bitte sagte sie: „Ja, wenn Sie im Pferdestall übernachten wollten, dann habe ich nichts dagegen."

Da sagte Mutter darauf: „Es ist uns egal, die Hauptsache ist für uns, dass wir ein Dach über dem Kopf haben. Wir sind durchgefroren und nass, wir haben auch noch zwei Kleinkinder bei uns." Plötzlich stand einer der Offiziere auf und sprach mit der Frau. Gerade als wir in den Stall gehen wollten, rief sie uns zu, dass wir die Pferde in den Stall bringen sollen, und wir können auf Stroh in der Küche schlafen und auch unsere Sachen trocknen. Mir stiegen die Tränen in die Augen. Ich hätte diesen Offizier umarmen können. Es gab auch in dieser schweren Zeit noch Menschen mit Herz und Verstand. In so einer Not glaubte man an Gottes Fügung, auch wenn man all das Leid und Unglück schwer begreifen konnte.

So ergab es sich, dass wir an diesem Abend warme Milch für die Kinder bekamen. Unsere Kleidung war am nächsten Morgen trocken. Nach dem Frühstück mussten wir weiter, aber wir waren ausgeruht und voll frischen Mutes. Die Mutter meines Neffen, der erst ein halbes Jahr alt war, fütterte den Kleinen unterwegs mit Brot, das sie klein kaute und ihm in den Mund schob. Zu trinken bekam er Malzkaffee oder Tee. Er hat es überlebt.

Manchmal kamen kleine Soldatentrupps, die sich dann in einer Stadt melden mussten. Sie nahmen unsere zwei Wagen in die Mitte und so kamen wir ohne Probleme immer weiter.

Wir waren drei junge Mädchen und so hatten wir bei den Soldaten doch so mache Chance. Wären wir mit den großen Trecks gefahren, so hätte wohl auch uns der Russe eingeholt. Obwohl wir perfekt russisch sprechen konnten, hätte man uns womöglich als Spione oder Verräter ansehen können. Ich habe später erfahren, dass man die Deutschen, die aus der Ukraine oder vom Schwarzen Meer kamen, nach Sibirien verschleppt hatte, wo sie schwer arbeiten mussten. Als Kinder wurden sie verschleppt und als alte Leute konnten sie nach Deutschland zurückkehren.

Viele Schlesier waren sogar mit Leiterwagen, welche von Ochsen gezogen wurden, unterwegs. Doch die sind bei den Straßenverhältnissen nicht weit gekommen. Da lagen die Wagen samt den Ochsen im Straßengraben. In den Dörfern brüllte das Vieh. Es war keiner da, um es zu füttern. Das war wie in einem Horrorfilm, man hätte heulen können, wenn man nicht schon teilweise abgestumpft gewesen wäre. Am grauenhaftesten war es für mich, als wir hinter Sträuchern in einem verschneiten Hohlweg anhielten, um was zu essen. Gegenüber auf der anderen Straßenseite stand eine große Scheune. Als wir zu essen begannen, hörten wir Stimmen und Jammern. Plötzlich sahen wir, wie sich Hände durch den Torspalt streckten und jemand rief: „Hunger, Hunger". Mutter wollte gerade etwas rüber werfen, da schrie Vater auf: „Nein, tue es nicht, das sind Juden in der Scheune, die bewacht werden. Man schießt dann auch auf uns." Schnell packten wir unser Essen ein, uns war der Hunger vergangen. Nie werde ich dieses Erlebnis vergessen. Wie können Menschen so grausam sein und anderen Menschen so etwas antun? Sie sind doch schlimmer als Vieh. Wollen diese Menschen gebildet sein? Warum dieser Hass? Was haben die Juden verbrochen? Haben sie gemordet? Was haben die Frauen und Kinder getan? Wo bleibt die Antwort?

Hatten denn diese Deutschen kein Gefühl mehr für Stolz, Ehrlichkeit und Barmherzigkeit?

Einige Kilometer weiter wurde eine Kolonne Menschen von Soldaten abseits der Straße geführt. Waren es Kriegsgefangene oder Juden? Es schneite sehr, sie hatten ihre Köpfe umwickelt und die Schuhe mit Lumpen zusammen gebunden. Was haben diese Menschen wohl gedacht, als sie uns Flüchtlinge sahen? Sie hoben nicht mal den Kopf. Dachten sie wohl, dass sie bald erlöst werden oder nun kommt die Vergeltung? Aber wir kleinen Leute waren machtlos gegen den Wahnsinn des Regimes.

Gerade wir hatten bereits drei Mal alles verloren, doch den Mut und die Kraft zum Überleben konnte uns keiner nehmen. Mit einer bitteren Erfahrung mehr zogen wir weiter und kamen in die Berge: ins Riesengebirge. Da wir aus dem Flachland kamen, waren unsere Wagen natürlich ohne Bremsen. Meine Schwester Erna und ich versuchten, mit einem dicken Knüppel zu bremsen. Ein Pferd hatten wir ja verloren, nun musste das kranke Pferd den Wagen ziehen. Mutter mit den zwei Kindern und meine älteste Schwester Alma kutschierten den Wagen. Natürlich war dieser Wagen am meisten gefährdet. Ich steckte meinen Stock zwischen Rad und Holm: Plötzlich rutschte ich ab, oh Gott, der Wagen samt Pferd raste den Berg hinunter. Ich stand vor Schreck zur Salzsäule erstarrt und dachte, nun sind sie alle tot. Doch ich traute meinen Augen nicht, meine Schwester hatte es geschafft, das Pferd zum Stehen zu bringen. Mensch und Tier hatten das Beste gegeben.

Wir hatten wirklich einen Schutzengel. Mir liefen vor Glück die Tränen übers Gesicht. Der erste Wagen hatte von diesem Vorfall gar nichts bemerkt.

Nach einigen Kilometern holten uns vier Jugendliche ein. Ein jeder war mit einer Panzerfaust bewaffnet. Sie hielten uns an und sagten, dass der Russe durchgebrochen wäre. Wir sollten mit unseren zwei Wagen eine Panzersperre errichten. Vater lachte sie aus und sagte: „Wisst ihr, was der Russe mit den Wagen und uns allen macht? Sie zertrümmern alles, was sich ihnen in den Weg stellt. Sehen wir zu, dass wir hier aus der Gefahrenzone rauskommen."

Wir fuhren bzw. wichen auf Nebenwege aus. Die vier Jugendlichen folgten uns natürlich mit ihren Fahrrädern. Sie mussten sich dann bei irgendeiner Einheit zum Endeinsatz melden. So wurde auch ihr junges Leben dem sinnlosen Krieg geopfert.

Wir fuhren weiter, vorbei an verlassenen Dörfern in Richtung Sudetenland. Am 24. Februar 1945 erreichten wir die Stadt Leitmeritz (tsch. Litoměřice). Sie war bereits voller Flüchtlinge. Alle Flüchtlinge mussten sich auf dem Landratsamt melden. Dort wurde uns eine Einweisung für das Dorf Sebusein gegeben. Es war bereits später Nachmittag, die Sonne neigte sich zum Untergehen. Wir fuhren an der Elbe lang. Die Berge, das Wasser, das sich in der Sonne spiegelte, die Frühkirschen blühten, die Landschaft so wunderschön, es war so friedlich und still, wie im Märchen. Das Kriegsgetümmel so weit entfernt, kaum zu glauben. Ja, nur wir waren als Flüchtlinge und Heimatlose auf der Straße. Es war schon ein seltsames Gefühl. So kamen wir in das Dorf Zirkowitz an der Elbe. Vater hielt an und fragte einen Mann, der in einem Haustor stand, wie weit es nach Sebusein wäre. Da sagte er: „Ihr braucht da gar nicht hinzufahren, das Dorf ist voller Flüchtlinge. Kommt zu uns, wir werden schon alle unterbringen.“ Seine Frau kam dazu und begrüßte uns. Das Tor wurde aufgemacht und wir fuhren auf den Hof. Wir waren so erstaunt und glaubten zu träumen. Aber es war Wirklichkeit. Die Familie Strecker hatte eine Tochter und einen Sohn, der auch Soldat war. Man gab uns zwei Zimmer und eine Küche. Obwohl die Küche klein war, passten wir doch irgendwie rein. Es waren wunderbare Menschen. Sie hatten eine kleine Landwirtschaft, so dass wir ihnen bei ihrer Arbeit tüchtig mithelfen konnten. Da sie nur Ochsen besaßen, wurden unsere Pferde zum Bearbeiten des Ackers eingesetzt. Wir hatten mit der Familie ein wunderbares Verhältnis. Ehe Mutter sonntags das Mittagessen fertig hatte, brachte Frau Strecker schon was von ihrem Essen rüber. Wie gerne hätten wir ihnen später ihre Herzensgüte vergolten, doch leider lebten wir dann im geteilten Deutschland. Als es später nach der Wiedervereinigung möglich gewesen wäre, lebten sie nicht mehr.

Der Frühling 1945 war herrlich. Das Tal voller Bäume, die in der Blüte standen, links und rechts der Elbe Berge. Darüber auf einem Felsen das Dubicer Kirchlein, weiter unten, der Elbe gegenüber, die Bootsanlegestelle, weiter runter Außig (tsch. Ústí nad Labem), vorher Wannow.
Ich stieg oft auf einen Berg, wo ich stundenlang die Landschaft bewunderte und mir wünschte, dass ich nicht nur eine Naturliebhaberin sondern eine Malerin wäre und ich diese scheinbar perfekten Momente festhalten könnte – als würde die Zeit stillstehen. Es gäbe keinen Krieg, kein Leid, kein Elend.

Wir fuhren auch mit dem Boot auf der Elbe, obwohl keiner von uns richtig schwimmen konnte, dachten wir nicht daran, dass bei unserem Schaukeln der Kahn auch umkippen konnte.

Heute, nach so vielen Jahren, denke ich noch manchmal an unseren Leichtsinn. Wir waren mit vier Personen im Boot. Meine Schwester Meta, mein Bruder Artur, der den linken Arm im Krieg verloren hatte[*], mein Brieffreund aus Wannow, den ich kennenlernte, als ich Artur im Lazarett besuchte, und der nur noch ein Bein hatte und ich. Ich muss schon sagen, damals war die Jugend auch nicht anders als heute, sorglos und auch zum Risiko bereit. Es ist gut so, denn sonst wäre die Jugend keine Jugend.

Es war eine schöne Zeit im Sudetengau. Doch Anfang April 1945 sollte uns die Wirklichkeit wieder einholen.

---

[*] Artur war 1942/43 eingezogen worden und kehrte 1945 zu uns aus dem Lazarett nach dem Verlust seines Armes und der Genesungszeit zurück. Er wurde sogar als Verwundeter noch einmal eingezogen, da wir aber noch im Briefwechsel mit den Lauten in Plan bei Marienbad standen, war es meinem Bruder möglich, uns später in Zirkowitz wiederzufinden.

Bootsfahrt auf der Elbe bei Zirkowitz, März/April 1945

Zirkowitz März/April 1945

Mitten am Tag waren plötzlich englische Tiefflieger da. Sie schossen auf alles, was sich bewegte. Ich war gerade im Dorf, schnell lief ich unter einen Vorbau eines Hauses. Wer auf dem Feld war und keinen Schutz fand, wurde niedergeschossen. So war es auch hier mit der Ruhe vorbei.

Ende April wurde Außig bombardiert, es war furchtbar. So eine schöne Stadt, die dem Erdboden gleichgemacht wurde. Auf den Flugblättern, die aus den Flugzeugen abgeworfen wurden, stand: *Außig, du liegst in einem Loch, aber wir finden dich doch!*

Keiner wusste, dass Deutschland am 8. Mai 1945 kapitulieren würde und noch Mitte April wurde alles zerbombt. Es war nicht nur Rache, es war Wahnsinn. Lazarette, Krankenhäuser, Frauen und Kinder, alles ging unter. Am 7. Mai ließ der Bürgermeister ausrufen: „Alle Flüchtlinge müssen sofort raus." Also musste das Dorf geräumt werden. Es hieß wieder für uns, die Sachen packen und erneut eine Reise in das Ungewisse antreten. Gern hätten wir die Familie Strecker mitgenommen, aber die Sudetendeutschen hatten zu jener Zeit nicht geglaubt, dass auch sie ihre Heimat würden verlassen müssen. Ihnen ist dieses Schicksal auch nicht erspart geblieben. Sie durften nur mit Rucksack oder Koffer raus. Man hatte sie bis nach Bayern runtergeschickt, wo sie als Flüchtlinge wie Abfall behandelt wurden. Deutsche unter Deutschen, es war bitter. Die Flüchtlinge waren vogelfrei. Es wollte sie keiner haben.

Wir fuhren damals am 7. Mai wieder durch Leitmeritz in Richtung Grenze. Plötzlich ein russisches Flugzeug. Zum Glück befanden wir uns gerade auf einer Allee unter großen Bäumen, wo die Wagen untergestellt werden konnten. Wie der Blitz sprangen wir von dem Wagen runter. Mein Bruder rief: „Schnell in den Graben, legt euch an die Seite, von wo das Flugzeug kommt." Wir dachten, dass unser letztes Stündlein geschlagen hat, doch auch diesmal hatten wir Glück.

So kamen wir auf die Hauptstraße von Außig nach Prag. Doch was sich da abspielte, war einfach Wahnsinn. Es waren fast alles Wlassow-Truppen, die nach Prag wollten. Nach einigen Kilometern bogen wir rechts ab in ein kleines tschechisches Dorf, in Richtung Chemnitz.

Auf der Straße nach Prag schossen Soldaten von einem LKW aus mit einem Flaggeschütz auf ein russisches Flugzeug. Es dauerte nicht lange, da waren Panzer da und feuerten auf das Dorf, denn auch die Dorfstraße war voller Soldaten – und wir mitten drin.

Die Pferde ließen sich durch den Beschuss nicht stören, das Pferd zog den Wagen vom Weg auf das Kleefeld und fing an zu fressen. Meine Mutter war mit beiden Kindern auf dem kleinen Wagen und konnte nicht runter. Ich blieb bei der Mutter, zum Schutz der Kinder. Plötzlich flog eine Granate über uns hinweg und riss in das gegenüberliegende Schulgebäude ein riesengroßes Loch. Wir waren vor Schreck wie gelähmt. Ich hielt mich am Wagen fest. Es war wie ein Albtraum. Als es wieder ruhig wurde, konnten wir es nicht fassen, dass wir wieder einmal Glück hatten und alle noch lebten.

Als der Beschuss vorbei war, sahen wir erst, was ringsum uns geschehen war. Auf der Straße lagen unzählige tote und verletzte deutsche Soldaten, auch auf dem Kleefeld, nicht weit von unserem Wagen. Plötzlich hörten wir Rufe und Jammern, es waren zwei schwer verwundete Soldaten. Aber was sollten wir tun? Wir hatten kein Verbandzeug, nichts. So beschlossen wir, die Verwundeten wenigsten in die Schule zu bringen. Wir sprachen zwei SA-Männer an, die unter den Soldaten waren, dass sie uns helfen sollen. Doch diese Leute hatten kein Gewissen. Sie suchten das Weite, wohl aus Angst, die Tschechen würden sie nicht gerade gut behandeln.

Wir vier Frauen schafften es dann allein. Meine Eltern und Geschwister fanden am anderen Ende des Gebäudes, im Lehrerzimmer, ein Nachtlager. Die Wagen wurden auf den Schulhof gefahren. In dieser Nacht blieb alles ruhig. Ich blieb in der Nacht bei den Verwundeten, um ihnen Wasser und was zu essen zu geben. Es war schlimm für mich, nicht helfen zu können. Ich hätte am liebsten meine Ohnmacht hinaus geschrieen. Nachts, um Mitternacht, ging die Tür auf und vier oder fünf Männer betraten den Raum. Es waren Tschechen. Sie sahen mich nur an und sagten nichts, auch ich sah sie an, ohne ein Wort zu sagen. Ich hatte keine Angst. Trotzdem schien es mir wie eine Ewigkeit, bis sie wieder gingen, obwohl es kaum fünf Minuten waren.

In der Nacht sagte der eine Soldat immer wieder: „Selma, gutes Mädchen, schau doch nach der Uhr." Am nächsten Morgen kamen mehrer Männer zu uns. Sie wussten, dass wir in der Schule übernachtet hatten. Sie holten die Toten zusammen, nahmen ihnen die Erkennungsmarken ab und beerdigten sie am Zaun der Schule. Ob die Angehörigen es je erfahren haben, wo sie ihre letzte Ruhestätte gefunden haben?

Unter den Tschechen war ein junger Mann, ob es der Bürgermeister war, weiß ich nicht, jedenfalls respektierten ihn die anderen. Diesen Mann habe ich nie vergessen. Er sprach sehr gut deutsch, jedenfalls sagte er zu uns: „Ihr könnt ja auch nichts dafür, dass es Krieg ist und es soviel Leid gibt und alles, was in den Jahren geschehen ist. Wenn ihr morgen über die Grenze fahren werdet, braucht ihr keine Angst zu haben, ich bin dann in dem Dorf."

Meine Schwester und ich gingen vorher noch ins Dorf, um für den Kleinen Milch zu holen bzw. zu kaufen. Wir traten in eines der Häuser. Da war die Stube voller Männer. Plötzlich lief es mir kalt den Rücken runter und mein erster Gedanke war *„Mein Gott was könnten sie mit uns Mädchen alles anstellen?"* Wir drehten uns wie auf Kommando um und verschwanden aus dem Haus ohne Milch.

Meine Schwester ist sogar so verwegen gewesen und hatte die Russen, welche bereits an der Straße nach Prag Posten bezogen hatten, gefragt, ob sie einen Arzt für die verwundeten Soldaten hätten. Der Soldat hatte ihr geantwortet: „Wenn du nicht gleich verschwindest, dann brauchst du einen Arzt." Das hat sie uns erst viel später erzählt. Sie hatte gar nicht bedacht, in welcher Gefahr sie sich befand. Uns war es natürlich nicht möglich, die Soldaten mitzunehmen. So baten wir die tschechischen Mädchen, sich um sie kümmern. Das versprachen sie uns auch. Was aus ihnen geworden ist, habe ich nie erfahren. Wir mussten weiter, denn was sonst auf uns wartete, konnte uns keiner sagen. Es war ein schwerer Abschied von den Verwundeten.

Als wir am nächsten Tag in das nächste Dorf fuhren, wurden wir von den Bewohnern schon empfangen, und unter ihnen war ein sowjetischer Soldat mit seiner MP. Nun waren wir uns sicher, dass es jetzt zu Ende geht, so weit gefahren, sollte nun alles umsonst gewesen sein? Plötzlich rief einer: „Ach ihr seid es ja, na dann gute Fahrt." Die Reihen teilten sich und wir konnten weiter fahren. Der da rief, das war der junge Mann aus dem anderen Dorf. Er hatte sein Wort gehalten. Ich hätte ihn vor lauter Freude umarmen können. Immer wenn ich an unsere Flucht denke, ist er in Gedanken bei mir.

Die Grenze war gleich hinter dem Dorf. Wir kamen auch gut rüber, außer dass ein etwa fünfzehnjähriger Junge mein Fahrrad klaute, mit dem ich immer was zu essen organisierte. Doch letztendlich waren wir froh, noch am Leben zu sein.

Wer diese Momente der Ungewissheit und der Angst nicht miterlebt hat, kann gar nicht ahnen, was das für ein Gefühl ist, und beschreiben kann man es auch nicht. So fuhren wir weiter. Wo würden wir wohl ankommen?

Plötzlich überholte uns eine LKW-Kolonne mit russischen Soldaten. Sie waren nun auch vor uns. Als wir eine kleine Rast einlegten, sagte Mutter: „Ihr habt es gar nicht mitbekommen, dass einer der Soldaten seine MP auf uns gerichtet hatte, da glaubte ich, nun hat unsere letzte Stunde geschlagen, er ging dann aber weiter."

Wir Mädchen hatten uns Tücher um den Kopf gewickelt, damit man nicht sehen konnte, wie alt wir waren. Nach einigen Stunden kamen wir dann ein kleines Städtchen hinter der sächsischen Grenze. Hier lagerten Tausende von Soldaten und Flüchtlingen. Der Amerikaner ließ keinen weiter ziehen. Es wurde eine Kommission erwartet, welche entscheiden sollte, was aus uns allen werden sollte. In der Stadt und ringsherum auf den Feldern – überall lagerten Menschen. Zum Glück war das Wetter schön. Fast vierzehn Tage kampierten wir auf freiem Feld. Mittlerweile war es Juni.

Auf der Wiese floss ein kleines Bächlein, sodass wir uns waschen konnten. Die amerikanische und russische Kommission sowie ein deutscher Hauptmann führten nun eine schwerwiegende Verhandlung. Der Ami legte nicht viel Wert auf uns Zivilisten oder die Soldaten. Der Hauptmann setzte es dennoch durch, dass wir Flüchtlinge weiter nach dem Westen ziehen konnten. Die Soldaten mussten alle mit dem Russen mit. Manche glaubten sogar, sie könnten wieder in ihre Heimat nach Schlesien zurück. Ein Soldat sagte zu mir: „Wenn ich wüsste, dass meine Eltern nicht mehr zu Hause sind, würde ich mit Ihnen kommen." Doch sie sind wohl nie nach Hause gekommen sondern nach Russland, wo sie die Schuld der Kriegsverbrecher sühnen mussten.

Wir packten unsere sieben Sachen zusammen und wollten die Pferde anspannen. Doch welch ein Schreck erwartete uns! Das Pferd, das krank war, stand nicht auf. Ohne Pferd waren wir erledigt. Wir standen alle um das Pferd herum und weinten. Es hatte uns Hunderte von Kilometer weit gebracht und nun versagten seine Kräfte. Es schaute uns mit seinen großen Augen so traurig an, dass uns die Tränen noch mehr liefen. Mensch und Tier waren im Leid eine Einheit geworden. Es war, als wenn es sagen wollte „Ich kann doch nichts dafür." Wir standen wie unter Schock. Da sagte meine älteste Schwester: „Kommt, wir versuchen, das Pferd auf die Beine zu stellen." Einer nahm die Zügel, die anderen versuchten links und rechts dem Pferd beim Aufstehen zu helfen. Und es geschah ein Wunder, unser Pferd stand. Wir spannten es vor den Wagen. Ganz langsam zog es den alten, aber leichten Wagen aus der Heimat vorwärts. Wir Mädchen liefen fast immer nebenher für den Fall, dass das Pferd zusammenbrach, dass wir ihm helfen konnten.

Unser Weg führte durch eine Sandabbaugrube, ziemlich steil runter und wieder hoch. Vor uns zog sich bis oben hin eine Wagenkolonne.

Uns blieb fast das Herz stehen. Vor uns waren einige tschechische Männer, die sich die besten Pferde aussuchten.

Die Leute mussten sie ausspannen. Was würde geschehen, wenn auch von uns eines der Pferde beschlagnahmt würde? Ein Pferd konnte den großen Wagen nicht ziehen, was dann? Meine Schwester fasste das Pferd am rechten Zügel und ich am linken Zügel. Die Männer kamen an uns vorbei, schauten uns von unten bis oben an und grinsten nur. Wir behielten unsere Pferde. Es war für uns wie Ostern und Weihnachten auf einen Tag. Sicherlich haben es junge Mädchen doch leichter und Chancen sowieso.

Mit guter Figur, langen blonden Haaren, oh lala, das zog doch so manches Mal. Nach all der Angst zogen wir weiter. Plötzlich sahen wir ein Russenpferd auf dem Feld grasen. Eins, zwei, drei hatten wir es eingefangen und vor den leichten Wagen mit dem kranken Pferd gespannt. Wie waren wir da glücklich, dass es wieder zwei waren.

Nach einigen Tagen Fahrt kamen wir bis vor Rodewisch bei Auerbach in Sachsen. Doch wenn wir glaubten, ungehindert weiter fahren zu können, hatten wir uns geirrt. Es gab wieder eine Sperre und der Ami sagte: „Nein!" Wir mussten direkt im Wald anhalten. Wo sollten wir schlafen? Wir hatten eine Säge und eine Axt mit. So wurden Bäume gefällt und über den Graben gelegt, mit Fichtengrün ausgepolstert und aus Decken ein Zelt darüber gespannt. Wenn wir auch wie die Heringe darunter lagen, so war es doch besser, als unter freiem Himmel zu schlafen. Unser provisorisches Zelt reichte uns aus, wenn die Sonne schien, aber dann regnete es tagelang. Das Wasser lief unter dem Zelt im Graben lang und die Decken waren mit Wasser vollgesogen. Es war schon schlimm. Meine jüngste Schwester Meta und ich gingen auf Erkundungstour. Wir fanden einen alten Schuppen, wo noch ziemlich viel Stroh gelagert war. Natürlich wurde das unsere Schlafstelle, und sie war trocken. Wir waren ja seit Wochen nicht verwöhnt worden. Hier an der Sperre wurden wir vierzehn Tage festgehalten. Wir kamen uns vor, als wenn der Mensch, am meisten die Heimatlosen, noch mehr als überflüssig waren. Trotzdem hatten alle noch Glück. Der Ami versorgte uns aus seiner Feldküche. Es gab für jeden pro Tag eine Kelle Suppe und eine Scheibe Brot, sodass die Menschen wenigstens nicht hungern brauchten. Wir besaßen einen Metallbierkasten und noch Fleisch von Zuhause. Im Dorf bekam ich einen Beutel Kartoffeln und auf der Wiese wuchs Sauerampfer. So kochten wir uns eine wunderbare Suppe. Es schmeckte besser als heute der schönste Braten. Natürlich ging es uns bedeutend besser als den anderen Flüchtlingen. Wir kannten uns schon aus, es war ja nicht das erste Mal, dass wir flüchten mussten. Ein Topf und Lebensmittel sind im Krieg das Wichtigste.

Mein Neffe Helmut war nun schon ein Jahr alt. Eines Tages versuchte ich in Rodewisch bei einem Bauern Milch zu kaufen. Ich klingelte und fragte eine Frau, ob sie mir einen Liter Milch verkaufen würde. Sie sagte, dass das nicht ginge. Die Kanne wäre voll, und sie würde nichts abschütten. Ich war über diese Antwort so geschockt, dass ich darauf nichts erwidern konnte. Es war nicht zu fassen, ich wollte doch bezahlen. Was war das nur für ein Mensch? Eine Frau ohne Herz und Verstand. Ob sie wohl später über sich selbst nachgedacht hatte?

Nach Tagen der Ungewissheit hieß es dann endlich „Ihr könnt weiter." Es hatte auch aufgehört zu regnen. Unser tolles Zelt wurde schnell abgebaut, es hatte uns in der Not trotzdem Schutz geboten. So brachen wir auf und hofften, das Schlimmste überstanden zu haben. Wir fuhren bei schönstem Wetter in Richtung Westen weiter.

Als sich der Tag dem Ende zuneigte, erreichten wir wieder einmal ein Dorf und hier hatten wir Glück. Wir konnten mit unseren Wagen auf einen großen Bauerhof fahren, wo wir auch in der Scheune im Stroh schlafen konnten. Dieses Dorf lag zwischen Mühlhausen und Worbis, Keula. Auch die Jugend war gleich da. Es wurden Fragen über Fragen gestellt. Die Leute lebten dort noch ganz friedlich. Die Burschen luden uns in die Gaststätte auf ein Bier oder Brause ein. Die Gaststätte gehörte den Eltern eines Jungen, der so alt war wie ich. Wir Mädchen fanden sofort Kontakt zu der Dorfjugend. Meine Schwester Erna und ich wurden herzlich aufgenommen. Wir erzählten von unserer Flucht. Wir konnten auch wieder lachen und für ein paar Stunden den Krieg vergessen. Es wurde ein richtig schöner Abend.

Leider bekam ich damals nie die Gelegenheit, dieses Dorf noch einmal aufzusuchen, doch unseren letzten Aufenthalt habe ich bis heute nicht vergessen.

Im vorigen Jahr, nach sechzig Jahren, haben meine Tochter, Schwiegersohn und ich das Dorf Keula endlich aufgesucht. Es hatte sich vieles verändert und die Menschen auch. So bleibt mir nur eine schöne Erinnerung.

Auf unserer Flucht hatte sich uns eine Familie Heitmann angeschlossen, die im Warthegau nur zwei Dörfer von uns entfernt gewohnt hatte. Sie berichteten uns, dass ein ehemaliger Ortsbauernführer, der in ihrem Dorf gewohnt hatte und ursprünglich aus dem Reich stammte, dem Heitmann angeboten hatte, bei ihm in Kirchohmfeld auf seinem Gut Urlaub zu machen oder ihn auf jeden Fall zu besuchen. So beschlossen Vater, Herr Heitmann und mein Bruder, mit dem einem Wagen nach Kirchohmfeld zu fahren, das ungefähr dreißig Kilometer entfernt von Keula lag, um eventuell eine Bleibe zu bekommen. Aber die Wirklichkeit sah anders aus. Dieser Herr Tüngerthal besaß nur einen kleinen Bauernhof. Ihm und seiner Tochter ist die Flucht nach Hause nicht geglückt. Sie sind wohl den Partisanen zum Opfer gefallen, da sie in Polen bzw. den Polen gegenüber sehr ungerecht waren und sich als

Herren aufspielten, könnten es sogar die eigenen Leute gewesen sein.

Von Kirchohmfeld aus waren es nach Bodenstein zwei Kilometer zur Burg Bodenstein und dem Gut derer von Wintzingerode. Auf dem Anwesen wurden dringend Leute gebraucht, da die Kriegsgefangenen alle verschwunden waren. Als die Männer zurückkamen, wurde beraten, was wir machen sollten. Dann entschieden meine Eltern, das Angebot des Gutsverwalters anzunehmen. Keiner wusste, was uns erwarten würde. Am nächsten Tag fuhren wir los. Nach einigen Stunden kamen wir in Bodenstein an. Wir hielten auf dem freien Platz vor dem Verwalterhaus. Man sollte es nicht glauben, hier wurden wir erstmal von den Anwesenden bestaunt, als wenn wir vom Mond kämen.

Und dann wurden wir von dem Verwalter Schirmer mit folgenden Worten empfangen: „Ihr werdet erstmal in der Burg untergebracht, aber dass ihr euch ja anständig benehmt!"

Oh, tat das weh – keiner sagte ein Wort. Wir waren ja nur Flüchtlinge ohne Besitz, Wir hatten nichts, also vogelfrei.

Wie sah es aber in uns aus? Wochen, Tage lang bei Wind, Schnee und Unwetter auf der Straße gewesen, Kugeln, Bomben und feindliche Flugzeugangriffe überstanden und nun das. Wir hätten heulen können.

Aber was sollten wir tun? Mit zwei kleinen Kindern und einem schwer Herzasthmakranken Vater. So waren wir froh, irgendwo angekommen zu sein.

Eigentlich wollten wir weiter nach Westfalen, wo ich in Gräfenwesteroda bei Münster meine Lehrstelle als Wirtschafterin bei Frau Larisch 1944 im Herbst hätte antreten sollen.

Als wir in Bodenstein angekommen waren, war hier der Amerikaner. Als Berlin aufgeteilt wurde, bekam das Eichsfeld der Russe. So sind wir Hunderte von Kilometer gefahren, um dann doch noch bei den Russen hängen zu bleiben.

1945 wussten wir auch noch nicht, dass das Ohmgebirge unsere neue Heimat werden sollte. Mit der Übernahme durch die russische Besatzungsmacht floh auch der Verwalter Bodensteins nach Bayern. Auch er konnte nur das Nötigste auf einem Pferdewagen mitnehmen. Ob er wohl dann über unser Schicksal nachgedacht hat?

Es folgten für uns so manche schwere Jahre. Wir mussten es ertragen, immer wieder als Flüchtlinge wie Menschen zweiter Klasse behandelt zu werden. Doch wir ließen uns nicht unterkriegen, auch wenn es manchmal sehr wehtat, als Polen betitelt zu werden. Manche unterstellten uns sogar: „Wenn sie Zuhause was besessen hätten, wären sie hier nicht her gekommen." Doch das waren Menschen, die ihren Verstand nicht über ihr Dorf hinaus gehen ließen und nichts von der Weltpolitik verstanden. Auch wir hatten unseren Stolz und setzten uns durch.

So bin ich hier alt geworden. Doch unser Leben auf Bodenstein, das ist eine andere Geschichte.

Im Eichsfeld

Viele Wege sind wir gezogen, sie waren nicht immer leicht.
Vom Schicksal, wir wurden betrogen,
nur langsam das Heimweh entweicht.
Viele Jahre sind seitdem vergangen,
unsere Herzen, die bleiben gleich.
Die Heimatlieder, immer wir sangen,
es bleibt die Erinnerung bei „Arm und Reich".
Im Eichsfeld, wir haben gefunden,
eine Wahlheimat, nach soviel Leid.
Wir erlebten manch glückliche Stunden,
Kinder und Enkel brachten uns Freud.
Sie sind es, die hier sind geboren,
ihre Heimat, für immer hier bleibt.
Wenn auch wir haben unsere verloren,
so sind zum Verzicht, wir bereit.

So mag Alt und Jung sich vereinen,

nie möge ein Krieg je entsteh'n.

Für unsere Kinder, die Sonne mag scheinen,

erspart ihnen bleibe, was mir einst gescheh'n.

Selma Stadermann

Familie Müller 1947/48: von links – hinten: Selma, Alma, Artur, Erna, Meta; vorne: Helmut, Mutter, Vater, Ursel

Gedichte

Frühlingsgedanken

Laue Winde wehen über Feld und Wald
und sie flüstern leise, der Frühling zieht ins Land.
Geh ich im Wald spazieren, da ist es wunderschön,
tausend Frühlingsblumen kann man dort blühen sehn.

Sie recken ihre Köpfchen dem Sonnlichte zu,
jetzt ist vorbei der Winter, er legt sich nun zur Ruh.
Die Vöglein tirilieren, als gäbe es ein Fest,
gar schnell sind sie dabei und bauen sich ein Nest.
In Gedanken wandre ich weiter und träume vor mich hin
und fühle, dass auch ich so früh und glücklich bin.

Selma Stadermann

Mein Vaterhaus

Die Kindheit, ich verbrachte, weit weg im fernen Land.
Wo ich gespielt und lachte, mein Vaterhaus einst stand.
Die Zeit, sie ist vergangen, wie oft denk ich zurück.
Im Abendrot, wie Flammen, verweilt verträumt mein Blick.
Doch will ich heut nicht klagen, jetzt bin ich hier zu Haus.
Ich tat gar manches wagen, es wuchs mir Glück daraus.

Selma Stadermann

Die Heimatvertriebene

Die Fackel des Krieges tobte durchs Land.
Trümmer, Verwüstung, wo unser Häuschen einst stand.
Der Russe im Vormarsch, welch Jammer, welch Graus,
alle, wir mussten aus der Heimat raus.
Nun wir wissen, was damals sich zugetragen.
Nach dem wie und warum tut keiner mehr fragen.
So möchte ich heute in unserem aller Sinn,
berichten vom Anfang, vom neuen Beginn.
Als Heimatvertriebene kamen einst wir hier her.
Ach wie war es so bitter, wie war es gar schwer.
Als „Habenichte" wurden wir hingestellt,

sogar als Kriegsverbrecher vor der ganzen Welt.

Nie durften wir sagen, was wir gedacht,

sonst hätte man uns hinter Gitter gebracht.

Ob Staat, ob Kirche, es war einerlei,

wir waren nur Flüchtlinge und vogelfrei.

Die Fäuste geballt, die Zähne zusammengebissen,

hinter uns stand nur das harte Wort „müssen".

Es gab kaum eine Hand, die uns Hilfe geboten,

gar manch einen zählte man da zu den „Toten".

So vergingen die Jahre, wir gaben nicht auf,

das Rad der Geschichte nahm seinen Lauf.

Wir bauten mit auf, was in Trümmern lag

und hofften alle auf einen besseren Tag.

Doch wie grausam war's, was dann geschehen,

mitten in Deutschland sah man Stacheldraht

und Wachtürme stehen.

Vater, Mutter, Schwester, Bruder

über Grenzen reicht die Hand

denn in Jalta unser Schicksal im Vertrag ganz deutlich stand.

So begann für uns von neuem eine böse Zeit

Mauerschüsse, Grenzverletzer brachten wieder bitteres Leid.

Doch eines Tages, es glaubte keiner,

was im Land bei uns geschehen,

Demonstranten, Menschenketten,

konnte man alltäglich sehen.

Mauerfall und Grenzöffnung, welch ein Jubel, welche Freud.

Ja, da gab's kein Osten, kein Westen,

es waren alles deutsche Leut.

Endlich konnten wir bekennen,

wo unsere Heimat einstmals war,

doch was so alles auf uns zukam,

das war damals keinem klar.

Und so hieß es 1991: Heimatlose folgt dem Ruf,

alle kamen zur Versammlung, eine Einheit hier man schuf.

Mitgliedsausweis der Vertriebenen,

allen uns man damals gab

und es wurde auch gegründet der verantwortliche Stab.

Nun begann ja erst das Rennen,

hin nach Bonn und nach Berlin,

denn die „Großen", ja die dachten:

„Die haben doch ne'n großen Splien!"

Anerkennung und Entschädigung –

stand noch nirgendwo einst drin,

und von wegen auch noch zahlen,

kommt uns gar nicht in den Sinn.

Was für Kämpfe es gewesen, weiß nur der, der es miterlebt.

Dank gebührt dem Landesvorsitzenden,

der für uns nur hat gestrebt.

Wo sind die Minister alle, die wir haben einst gewählt,

die in Bonn uns unterstützen? Doch der Mut wohl dazu fehlt!

Ja, auch unser Landesvater, hab bei uns ihn nie geseh'n.

Und wir hofften einstmals alle, gerade er wird zu uns steh'n.

Ja, gar vieles haben wir wohl in den Jahren mitgemacht,

doch den Mut bei uns zu brechen,

hat noch keiner je geschafft.

Manche Hürde ist genommen nur weil wir zusammen stehn.

Ja, wir sind nicht irgendjemand, das sollten alle sehn!

Unvergessen bleibt die Heimat so lange wir noch atmen tun,

bis wir einst in kühler Erde finden dann die ewige Ruh!

Selma Stadermann

Bei Nacht und Nebel

Im Kreis Welun, im Wartheland,
ich meine zweite Heimat fand.
Gar manches hab ich dort gelernt,
da war alles noch heil, meine Kinderwelt.
Die Jahre vergingen und es war Krieg,
das Leid auch mir erspart nicht blieb.
Die Front, sie kam näher, wir mussten fort, was in Jahren
geschafft, das blieb nun dort.
Bei Nacht und Nebel, zur Winterszeit,
die Straßen so glatt, das Ziel so weit.
Tag um Tag wir zogen durchs Land,
in Scheunen und Ställen kurz Ruhe man fand.
Wie Bettler, wir sind uns vorgekommen,
der Krieg hatte uns ja alles genommen.
Würden doch alle Menschen nach Frieden streben,
so gäbe es keinen Hunger,
Leid und Hass in unserem Leben.

Selma Stadermann

Es war einmal

Der Wald hat sich geschmückt mit tausend Farben schön.
Er trägt sein Sonntagskleid in Tälern und auf Höhen.
Der Maler könnt's nicht besser, zu malen Wald und Flur.
Er sieht so aus viel kesser, der Herbst zeigt die Natur.
Dann kommen Stürme rau und kalt und Schnee fällt über Nacht.
Verhüllt bleibt nun das ganze Land von dieser weißen Pracht.

Selma Stadermann

Frühlingserwachen

Weiße Flocken fallen sacht wie Gedanken in der Nacht, still zur
Erde nieder.
Krokus blühen, Veilchen Duft, Frühlingsboten in der Luft,
Winter fahr von dannen.
Ach, wie dürstet des Menschen Herz gar nach Wärme und
nach Scherz,
musst es lang entbehren.

Selma Stadermann

Der Frühling

Welch ein Jubel, welch ein Jauchzen,
ach, wie schön ist diese Welt.
Und wir hören des Baches Rauschen,
der Frühling hat sich eingestellt.
Auch die Lerche steigt empor,
wie sie singt und jubiliert,
alles stimmt mit ein im Chor,
denn auch sie den Frühling spürt.
Selbst der Käfer dort im Grase,
wie er hüpft und wie er tollt
purzelt dann auf seine Nase,
ach, das hat er nicht gewollt.
Frohe Menschen singen Lieder,
ihre Herzen schlagen laut,
ja, der Frühling, der kehrt wieder,
jeder froh und glücklich schaut.
Schnell vergeh'n der Jugend Stunden,
Sommer, Herbst und Winter Nacht,
sinnend wir den Strauß gebunden,
wir hatten doch den Frühling grad.

Selma Stadermann

Für meine Mutter

Hab Dank für all die Liebe dein,
die du mir einst gegeben.
In Leid und Freud stets warst du da,
in meinem ganzen Leben.
Du lehrtest mich das erste Gebet.
Ich höre dich noch sagen,
ob früh am Morgen oder spät,
hilft's dir dein Schicksal tragen.
Vom Osten raunt und klagt der Wind,
wo ist die Zeit geblieben,
wo ich gelacht, gespielt als Kind,
da hat man uns vertrieben.
Ruhst du schon längst in kühler Erd,
ich dann dich nicht vergessen,
ein Mutterherz, gar Goldes wert,
nicht jeder hat's besessen.

Selma Stadermann

Eine Hand voll Erde

Wann werden die Menschen begreifen,
wie viel Leid auf der Welt geschieht?
Keiner soll nach den Sternen greifen,
eine Hand voll Erde für jeden nur blieb.
Krieg und Gewalt dominieren,
eine jeder seinen Vorteil nur sieht,
zum Schluss werden alle verlieren,
unser Leben von dannen einst zieht.
Und hast du auf Erden Millionen,
du fühlst dich erhaben und reich,
ein kaltes Herz in dir mag wohnen,
bedenke, einst sind wir alle gleich!
Zu spät wirst du dann erkennen,
was du hast falsch gemacht.
„Reue", das man tut nennen,
woran du wohl nie hast gedacht.

Selma Stadermann

Die Zeit

Wie der Sturmwind, wo das Leben,

tagaus, tagein tun wir nur streben.

Keiner denkt wohl an die Zeit,

wo es heißt: „Nun sei bereit."

Halte fest die Jugendjahre,

wie schnell bekommst du graue Haare,

den Enkel wiegst auf deinem Schoß,

du fragst die Zeit: „Wo bleibst du bloß?"

Selma Stadermann

Winterzeit

Wenn der Wald im Silberkleide glitzert,
vor Frost und Kälte die Natur erzittert,
an den Fenstern Eisblumen so herrlich und fein,
dann kann es nur Winterzeit sein.
Die Mützen gezogen ganz tief in's Gesicht,
der See für die Kinder gar vieles verspricht,
Schlittschuhe sausen über das Eis,
sie leuchten vor Freude und summen ganz leis.
Und Kinderlachen ertönt rings umher.
Ich denke zurück, gar lang ist es her,
wo ich gesungen, gespielt und gelacht.
Die Jahre entschwanden, eh man sich's gedacht.

Selma Stadermann

Die große Frage

Das Jahr, das ging zu Ende, was hat es uns gebracht?

Es brachte keine Wende, wir haben falsch gedacht.

Aus der Heimat sind vertrieben viel Tausend an der Zahl.

Alles ist dort geblieben, wir hatten keine Wahl.

Vereist waren die Straßen, die wir gezogen sind.

Kein Mensch, es konnte fassen, es starben Greis und Kind.

Die Politiker es nicht wollen wissen,

was einst geschehen war.

Da ihre Heimat, sie nicht missen,

so wird uns manches klar.

Die Diäten zu erhöhen, das ist gar schnell getan.

Zu den Vertriebenen zu stehen, passt nicht in ihren Plan.

Selma Stadermann

November

Wenn's im November stürmt und schneit,
ist vorbei die Sommerzeit.
Der Schnee deckt alle Sorgen zu,
Feld und Wald hat seine Ruh.
Träum und denk auch du zurück,
denk nicht an's Leid, denk nur an's Glück.
Es kommt der Frühling wieder mit Blüten,
Freud und Lieder.
Novemberstürme, so drohend kalt,
alles erstarrt in Feld und Wald.
Lass dich ins Traumland geleiten,
der Sturm hat viele Seiten.
Wie schön ist's doch im Winter bei Bratäpfel, ihr Kinder!

Selma Stadermann

Der Abschied

Die Zeit, sie ist vergangen, der Herbst,
er zieht in's Land,
die Jugend kennt kein Bangen,
im Mai mach Glück entstand.
Im Sommer blüh'n die Rosen,
im Sommer wächst der Wein,
das Küssen und Kosen tut manches Herz erfreu'n.
Und kehrt dann ein der Winter mit seiner weißen Pracht,
welch Glück für unsere Kinder,
beim Wein wird froh gelacht.

Selma Stadermann

In einsamer Nacht

Die Glocken ertönen in einsamer Nacht,
hoch droben am Himmel ein Stern für uns wacht.
Ein seltsames Raunen, ein heimliches Werden
die heilige Nacht bricht an, hier auf Erden.
Die Menschen sind glücklich und fragen: "Warum?"
Es kommt keine Antwort, es bleibt alles stumm.
Sie laufen und kaufen gar manche Gaben,
möchten Freude bereiten, hört man sie sagen.
So wird an den Tagen auch viel nachgedacht,
gar manches ich wohl hab falsch gemacht,
ich werde mich bessern, ich tu es geloben.
Ist die Weihnacht vorbei, wird es verschoben.
Bewahren wir uns die heilige Nacht,
wo das große Wunder wurde vollbracht.
Wir warten und hoffen, ob groß oder klein
möge für alle auf Erden gesegnete Weihnachten sein.

Selma Stadermann

Das alte Haus

Verlassen steht das alte Haus,
im Wind sich Birken wiegen.
Hier gingen Menschen ein und aus,
wo sind sie nur geblieben?
Vertrieben wurden aus der Heimat sie,
das Herz so voller Tränen.
Es war der Siege hohes Ziel,
jetzt bleibt nur noch das Sehnen.
Der Krieg hat Unheil nur gebracht,
die Heimat ging verloren.
Sie mussten fort in dunkler Nacht,
von dort, wo sie geboren.

Selma Stadermann

Der Herbst

Der Sommer ist vorüber und Nebel zieht durch's Land,
die Tage werden trüber, der Herbst trägt ein Gewand.
So golden einst die Tage, wie schnell sind sie doch hin.
Ich stelle mir die Frage: „Bin auch ich im Reigen drin?"
Die Schwalben zieh'n gen Süden,
Wildgänse klagend schrei'n:
„Wir kommen zu euch wieder,
wenn kehrt der Frühling ein."
Dann singen wir die Lieder, wie einst so froh im Mai,
doch mancher kehrt nicht wieder, ihr Leben brach entzwei.

Selma Stadermann

Raue Winde

Graue Nebel weben nun ihr Leichentuch
und gar manchem Fahrer werden sie zum Fluch.
Raue Winde ziehen über Stoppelfelder,
gelbe Blätter fallen, kahl werden die Wälder.
In den Lüften raunt es voller Ach und Weh.
Bald kehrt ein der Winter, Frost kommt und dann Schnee.

Selma Stadermann

Anhang

Deutsches Reich

Einbürgerungsurkunde

Der Gustav Müller

in Lodsch ...., geboren am 25.Juni 1891

in Antonowka,Kr.Luck ...., sowie seine Ehefrau

Ernestine ....,

geborene Lemke ...., und folgende von ihm

kraft elterlicher Gewalt (§1626 BGB.) gesetzlich vertretene Kinder:

1. Irma ...., geboren am 11.Dez. 21 in Antonowka ,
2. Artur ...., » » 31.Aug. 24 » Luck ,
3. Selma ...., » » 19.Dez. 27 » Zubnow ,
4. Leta ...., " " 12.Apr. 30 " Zubnow ,

haben mit dem Zeitpunkt der Aushändigung dieser Urkunde die deutsche Staatsan-
gehörigkeit (Reichsangehörigkeit) durch Einbürgerung erworben. Die Einbürgerung
erstreckt sich nur auf die vorstehend aufgeführten Familienangehörigen.

Lodsch , den 2.Februar 1940.

Der Reichsminister des Innern
Der Sonderbeauftragte

I.A.

Gebühr: Gebührenfrei

Tgb.Nr. 142319/I.

F 25 (11.38)   Reichsdruckerei, Berlin

Einbürgerungsurkunde Familie Müller, 1940